VERLAG ANTJE
KUNSTMANN

Martin Winckler

ES WIRD LEICHT, DU WIRST SEHEN

Roman

Aus dem Französischen
von Doris Heinemann

Verlag Antje Kunstmann

Fangen Sie so nah am Schluss an wie möglich.

KURT VONNEGUT

»In der großen Geschichte steckt immer auch eine kleine. Eine Geschichte, die man an jemand anderen weitergibt. Im Augenblick des Scheidens wird der Helfer zu diesem anderen. Er verkörpert ihn, gibt ihm Leben. Er empfängt, er hört zu, er sagt nichts, er greift nicht ein, er unterlässt küchenpsychologische Analysen und unangebrachte Interpretationen, er hört zu, er sagt nichts, er empfängt, er ist da. Und wenn die Geschichte mit dem letzten Atemzug zum Ende kommt, nimmt er sie mit und behält sie, bis er den anderen gefunden hat, an den er sie weitergeben kann.«

EMMANUEL ZACKS

Zunächst überprüft der Standesbeamte deine Ausweispapiere und stellt fest, dass dein Name, dein Geburtsdatum und deine Versicherungsnummer mit den Angaben in dem amtlichen Dokument übereinstimmen. Dann konsultiert er die Akte, aus der hervorgeht, dass der Patient sich dem psychiatrischen Gespräch unterworfen – ich verwende dieses Wort bewusst – hat. Dass der Psychiater ihm ein stabiles psychisches Gleichgewicht bescheinigte und keinerlei Anzeichen für eine Depression erkennen konnte. Dass die Krankheit unheilbar ist und der Patient trotz seiner guten palliativen Versorgung im Abstand von drei Wochen drei verschiedenen Ärzten gegenüber seinen Wunsch zum Ausdruck gebracht und damit den gesetzlichen Vorschriften Genüge getan hat. Und dass alle ihr Einverständnis erklärt haben.

Nach all diesen Vorsichtsmaßnahmen erlaubt er dir, die Krankenakte zu lesen. Ein anonymes Schriftstück in Fachsprache: Es zeichnet den Weg des Patienten von den ersten Symptomen an nach, die verschiedenen Untersuchungen, die Behandlungen entsprechend dem medizinischen Kenntnisstand, die lange Remissionsphase von fünf Jahren, die beiden Rezidive und ihre jeweilige Behandlung – die offensichtlich wirksam war, denn er verdankt ihr vier Jahre beziehungsweise siebenundzwanzig Monate Aufschub. Die Krankenakte schließt mit dem neun Monate zurückliegenden Rückfall mit vielfältigen Schädigungen lebenswichtiger Organe wie der Leber, beider Lungenflügel, der Wirbelsäule und möglicherweise – er hat die Untersuchung, die dies hätte bestätigen können, abgelehnt – des Gehirns. All dies liest du neugierig und mit dem Unbehagen, das man beim Aufdecken fremder Geheimnisse empfindet. Doch so ist die Regel: Ob du nun in Kontakt zu treten beschließt oder nicht, du musst es in Kenntnis der Lage tun.

Deine Fantasie hebt ab. So ist es eben, du kannst nichts dagegen tun, du kannst nicht anders als die Leerstellen füllen und sie mit dreidimensionalen Gestalten bevölkern, so unscharf diese auch sein mögen. Wie andere an deiner Stelle es auch gewesen wären, warst du auf ein Wrack gefasst, einen vom Schmerz gebeugten Körper, ausgezehrt von der Krankheit, entstellt von den Operationen an diesem oder jenem Organ, an einen Sessel oder ans Bett gefesselt und mit den verschiedensten Schläuchen behängt.

Du hast dich geirrt. Die Krankheit hat kein lebenswichtiges Organ verschlungen, sie nahm von mehreren Orten im Körper aus ihren Anfang, der Patient wurde nicht chirurgisch behandelt, sondern mit Chemotherapien. Bis zu seinem Rückfall vor wenigen Wochen konnte er vollkommen normal leben. Bei den jüngsten Untersuchungen – kurz bevor man dir das Dossier übermittelte – war er im Vollbesitz seiner geistigen Fähigkeiten. Er ist zwar alt – siebenundsiebzig –, doch heutzutage sind Menschen unter achtzig, wenn man bedenkt, wie viele Hundertjährige es gibt und wie gut sie erhalten sind, noch geradezu jung.

Schließlich erfährst du aus der Akte, dass der Patient Arzt ist.

Du klappst die Akte zu und nickst.

Der Standesbeamte lässt dich das amtliche Dokument unterschreiben und gibt dir dann den Brief.

Mit einer gewissen Bewegung wendest du ihn hin und her. Du willst ihn erst draußen lesen und gehst zu einer Bank in der Nähe deines Wagens. Dort öffnest du ihn.

Du liest ihn mehrmals, um sicher zu sein, dass du alles verstanden hast. Und bald spürst du, wie diese wenigen handschriftlichen Zeilen ihre volle Bedeutung annehmen.

Du fragst dich kurz, was ihn dazu bewogen haben mag, gerade dich auszuwählen.

Du steckst den Brief wieder in den Umschlag, und dann rufst du ihn an.

*

Während du zu der Adresse fährst, die er dir angegeben hat, beginnen deine Gedanken wieder zu schweifen.

Wenn er nicht ans Bett gefesselt ist, wird er dich dann, wie ein moderner Moses, aufrecht in einem steinernen Ehrensessel empfangen? Wird er bei deinem Eintreten das Buch sinken lassen und dir seine lichtumstrahlte Stirn entgegenheben?

Die Wirklichkeit widersteht deinen Fiktionen. Du warst nicht auf dieses nichtssagende Holzhaus mit seinem gemauerten Sockel gefasst.

Die Farbe blättert ab. Auf der dunklen Veranda stehen zwei Korbstühle nebeneinander. Als du dich anschickst, zu klopfen oder zu klingeln – du weißt noch nicht, was von beidem –, taucht aus dem Nichts eine schwarze Katze auf und reibt sich an deinen Schienbeinen. Ihr Fell ist kurz, sie hat einen weißen Fleck auf dem linken Auge und trägt ein Glöckchen am Halsband. Noch bevor du dich zu ihr hinunterbeugen kannst, ist sie schon wieder verschwunden.

Du klingelst.

*

Die Tür wird von einem mageren, gebeugten älteren Mann geöffnet, der ein Kleidungsstück aus einer anderen Zeit trägt, eine alte gestreifte Latzhose, der Stoff ist abgewetzt, die Farben verblichen. Der Oberkörper steckt in einem grauen Hemd, er weckt in dir die Vorstellung von einem alten Schreiner, der nicht in Rente gehen wollte; seine Beine in der weiten Arbeitshose erinnern – ein Bild, das du nicht magst, das dir aber trotzdem in den Sinn kommt – an die Gestalten der Deportierten im letzten Jahrhundert.

Er hat weißes Haar und ist frisch rasiert.

Er lächelt dich an, bittet dich ins Haus, lässt dich den Mantel ablegen, und bietet dir einen Kaffee an – er habe gerade welchen gekocht. Oder lieber einen Tee? Den könne er gern für dich machen.

Du zögerst, du spürst, dass er dir die Befangenheit nehmen will. Du nimmst den Kaffee an.

Du weißt nicht, was du sagen sollst. Es ist dein erstes Mal. Vielleicht dein einziges Mal. Am liebsten würdest du ihn fragen, warum er sich an dich gewandt hat, aber im Leitfaden hast du gelesen, dass man das nicht tut. Du bist nicht hier, um ihn nach seinen Gründen zu fragen. Es ist an ihm, über die Art dieser Begegnung zu entscheiden, und durch deine Unterschrift auf dem amtlichen Dokument hast du seine Bedingungen akzeptiert.

Du hast keine Angst, doch ein bisschen unruhig bist du schon. War es richtig, diese Aufgabe zu übernehmen?

Es ist zwar ein bürgerliches Engagement, für das sich heutzutage viele Menschen deines Alters freiwillig zur Verfügung stellen, doch wirst du der Aufgabe gewachsen sein? Dessen bist du dir nicht ganz sicher.

Dein Gastgeber hingegen wirkt keineswegs beunruhigt. Er

scheint auch keine Eile zu haben. Als hätte er dich wie einen vertrauten Besucher erwartet, der bei ihm vorbeischaut. Du dachtest, er würde dich gegen Abend zu sich bitten und du würdest ihn, da jetzt Ende Juni ist, erst nach dem Abendessen besuchen. Doch er schlug dir vor, um zwei Uhr nachmittags zu kommen, und fügte mit einem leichten Auflachen hinzu: Ich habe Ihnen viel zu erzählen.

Der Raum, in den er dich führt, ist ein langes, schmales, traditionell möbliertes Wohnzimmer im vorderen Teil des Hauses. Am Fenster zur Straße steht ein orthopädischer Sessel. Auf der anderen Seite des Raums ein Sofa mit einer handgestrickten Decke darüber. Auf dem niedrigen Tisch ein Fotoalbum in der Art, wie du sie von deinen Adoptiv-Großeltern kennst.

Dein Gastgeber bietet dir einen Platz an und geht in die Küche. Bald taucht er wieder auf, in jeder Hand einen dampfenden Becher. Er weigert sich, dir den für dich bestimmten in die Hand zu geben – »O nein, er ist sehr heiß, warten Sie ein bisschen, bis er abgekühlt ist!« –, *und stellt ihn vor dich auf den Couchtisch, neben das Fotoalbum.*

Dann humpelt er, den anderen Becher noch in der Hand, zum anderen Ende des Raums und setzt sich gewandt und ohne einen Tropfen zu verschütten in seinen Sessel.

Er trinkt einen Schluck und sieht dich an.

»Wollen wir?«

ICH WOLLTE MEINEM VATER STERBEN HELFEN.

Auf den ersten Blick war der nur von einem weißen Laken bedeckte dicke Körper auf dem Bett der Mann, den ich als Kind an späten Sonntagvormittagen zu wecken pflegte. Ich war zum Frühstück heruntergekommen, und meine Mutter, eine Schürze umgebunden, knetete Teig, um Brötchen zu backen. Sie sah auf den Wecker oben auf dem Kühlschrank und sagte: »Es ist fast zehn, du könntest deinen Vater wecken.«

Ich liebte es, in ihr Schlafzimmer zu gehen, den etwas stickigen Geruch der fast beendeten Nachtruhe zu riechen, ich lächelte, wenn ich seinen Schatten unter der Decke liegen sah – er erinnerte mich an den Elefanten im Hut, den Saint-Exupéry im *Kleinen Prinzen* gezeichnet hat. Ich liebte es, zu ihm zu gehen, ihm die Hand auf die Schulter zu legen und einen Kuss auf die Wange zu geben, um dann – möglichst leise, damit er möglichst sanft geweckt wurde – zu flüstern: *Papa, es ist fast zehn Uhr*, sein Zusammenfahren zu spüren und ihn tief seufzen und dann antworten zu hören: *Schon? Ach schade* (ein weiterer Seufzer). *Na schön, in Ordnung, mein Kleiner, ich steh auf, ich steh schon auf*, und das mit einer mehr als schläfrigen Stimme, so müde war er, dabei schlief er lange – er ging selten nach elf Uhr zu Bett. Ich liebte es zu sehen, wie er sich aufrichtete, sich auf die Bettkante setzte und dabei das Laken über seine nackten Schenkel zog, dort sitzen blieb, zusammengesunken, noch dösend, nachdem er nicht genug oder nicht gut genug geschlafen hatte, aber nie zornig darüber, dass ich ihn aus dem Schlaf gerissen hatte.

Doch jetzt konnte von Aufwecken keine Rede mehr sein, ich konnte flüstern oder lauthals brüllen, es würde nichts ändern, weder meine Worte noch meine Schreie wären imstande, ihn auf die Beine zu bringen, man hatte ihm den Schädel geöffnet, um einen bösen Geist herauszuholen, der dort gar nicht war, und seither hatte er praktisch nicht mehr gesprochen, höchstens mit kürzesten Wörtern, um uns zum Teufel zu schicken, alle, die wir da waren, mich an vorderster Stelle – *mein Kleiner, mein lieber Sohn*, das alles zählte nicht mehr.

Schon seit einem Monat war er auf der Intensivstation, zunächst, nach der Operation, liegend und den Kopf umwickelt wie damals, zwanzig Jahre zuvor, in einer sehr kalten Nacht, als meine Mutter ihn, ein Buch in der Hand, auf der Kellertreppe sitzend gefunden hatte, vor dem mit großer Mühe wieder in Gang gebrachten Heizkessel – als könne er diesen allein durch die Tatsache, dass er dort hockte und ihn streng überwachte, davon abbringen, wieder den Geist aufzugeben. Denn draußen herrschten arktische Temperaturen, oben schliefen seine Frau und sein Sohn, und die würde er ganz bestimmt nicht erfrieren lassen, also hatte sich der verdammte Heizkessel anständig zu benehmen, sonst …

Und dann waren die Bandagen abgewickelt worden, und ich konnte den Verband sehen und das Röhrchen, das aus seinem kahlen Kopf kam und, mit Pflastern hinter dem Ohr befestigt, an seinem Hals hinunterlief, in einem weiteren Verband irgendwo in der Höhlung über dem Schlüsselbein verschwand und die durchscheinende Flüssigkeit aus seinem Schädel in Gott weiß welche dicke Vene umleitete.

Später setzte man ihn in einen Stuhl mit rostgesprenkelten Chromteilen und Armlehnen aus rissigem Plastik, einen Stuhl mit einer Öffnung, unter der die Pflegehelferin in regelmäßigen Abständen das Becken, das man ihm unter den Hintern geschoben hatte, herausholte, um es zu leeren. Dabei blieb jedes Mal die Geruchsmischung aus Urin und Scheiße zurück, die in dem Krankensaal, in dem ein Dutzend armer Teufel lag, die Dämpfe des Alkohols und der Chemikalien immer überlagerte.

Nein, er war nicht allein.

Ich sehe andere Betten, andere ausgestreckte Körper.

Ich höre sie.

Es ist immer noch da.

Der Sessel mit dem Loch war nicht lange da. Alles in allem ein paar Tage. Und das war gut so, denn zu der Zeit hatte ich Angst, ihn zu besuchen. Vorher, als er noch gelegen hatte, hatte er nicht gesprochen, seine Augen waren geschlossen gewesen, ich konnte seine Hand nehmen, sie drücken und den antwortenden Druck seiner Finger spüren, ich konnte zu ihm sprechen wie damals als Kind und mir vorstellen, er werde sich aufrichten und hinsetzen. Doch auf dem Stuhl mit dem Loch war er furchterregend, und sein feindseliger Blick – ein Auge war auf mich gerichtet, das andere wie weggerutscht – warf mir vor, dass ich den Heizkessel seines Lebens in Gang hielt.

Und dann, eines Tages, kam ich, und er lag wieder, man setzte ihn nicht mehr auf den Stuhl, er hatte Fieber – die Lunge alter Leute atmet nicht gut, sie entleert sich nicht richtig, alles ist vollgesuppt, und die Bazillen feiern Gelage –, und da er wieder Atembeschwerden hatte, hatte man ihn intubiert, und seine Augen waren geschlossen.

Er hat sie nicht wieder geöffnet.

Er machte mir keine Angst mehr.

Ich hatte nur Angst, dass er fortgehen würde, und ich wusste, dass er fortgehen würde.

Ich wusste, dass er fortgegangen war.

Bei dem Gedanken, dass er nicht mehr zurückkehren würde, war ich verzweifelt.

An einem anderen Morgen kurze Zeit später, ich war lange in einem mit Urlaubsheimkehrern und Studenten überfüllten Zug gefahren, lag er gerade ausgestreckt wie eine Grabfigur auf seinem Bett, ich weiß noch, dass ich dachte: *Das ist er nicht. Er schlief immer mit angewinkeltem Arm und einer Hand unter dem Kopfkissen.* Doch als ich näher trat wie jedes Mal, um ihn auf die Stirn zu küssen, sah ich, dass sein Gesicht blutbefleckt war und ein Nasenloch geschwollen.

Man hatte versucht, ihm eine Magensonde durch die Nase zu schieben.

Er hatte es sich nicht gefallen lassen.

Ich spürte, wie Zorn in mir aufstieg, und suchte jemanden,

den ich fragte konnte, was man ihm angetan hatte, ich hatte Lust, um mich zu schlagen. Die Intensivmedizinerin sagte, sie gäben ihm ein wenig Zeit zum Ausruhen, aber sie würden es dann wieder versuchen.

Ich sagte: »Lassen Sie ihn in Ruhe. Er ist siebzig Jahre alt. Er ist wegen der Operation halbseitig gelähmt. Er hat eine Lungenentzündung. Glauben Sie wirklich, Sie können ihn noch einmal auf die Beine bringen? Wollen Sie ihn wirklich endlos mit Schläuchen im Arm und einem in der Speiseröhre weiterleben lassen?

Finden Sie das würdig, dass Sie ihm diese Latex-Nudel in die Nase stopfen, ohne ihm etwas zu sagen, ohne ihn zu fragen, dass Sie ihn zu dritt oder zu viert festhalten und ihn schließlich, weil Sie sehen, dass er es nicht will, einfach liegen lassen, ohne ihm das Blut aus dem Gesicht zu wischen? Und dann tauchen seine Frau oder sein Sohn auf mit ihrer Hoffnung, ihn in besserem Zustand anzutreffen, und sehen ihn gefesselt, als wäre er in einer dunklen Gasse überfallen worden!

Nennen Sie das *heilen*?

Lassen Sie ihn in Ruhe!«

Sie sah mich an und lächelte dann mütterlich.

»Ich werde über das nachdenken, was Sie mir gerade gesagt haben.«

Ich hätte sie mit bloßen Händen umbringen können.

Ich stellte mir vor, wie ich sie packen, sie würgen, ihren Kopf gegen die Wand schlagen würde, bis er lila anliefe. Hinter der geschlossenen Tür ihres Büros hätte mich niemand aufhalten können.

Wie konnte sie ihm das antun?

Wie konnte sie uns das antun?

Wie konnte sie mir das antun?

Er hatte gesagt: *Ich werde mir nicht den Schädel öffnen lassen*, und schließlich hatte er es doch zugelassen. Meine Mutter wollte nicht, dass er starb, und ich auch nicht.

Und das war dabei herausgekommen.

Ich ging zu ihm zurück, sein Gesicht war immer noch voller Blut.

Niemand hatte ihn gesäubert.

Nicht einmal ich in meinem Zorn.

Ich nahm Kompressen und Wasser und wusch ihn. Ich träufelte ihm vorsichtig Wasser auf die Lippen, und er trank es und nickte leicht. Er wollte die Hand heben, doch man hatte sie ihm festgebunden. Ich band sie los, und er führte sie an die Stirn, um sich damit sanft die Brauen zu kratzen, wie er es sonntags beim Aufwecken immer im Halbschlaf tat. Eine Krankenschwester kam eilfertig mit einer kleinen Wanne Wasser und einem Waschhandschuh. Als sie mich sah, sagte sie entschuldigend: *Ich kümmere mich darum*, doch ich ließ es nicht zu.

Es war nicht an ihr, ihn zu waschen, sondern an den Ärzten, die ihn misshandelt hatten.

Und außerdem war er mein Vater, nicht ihrer.

Das war der Augenblick, in dem ich den Entschluss fasste.

Das war es, was er wollte.

Er hatte gesagt: *Lass mich nicht langsam krepieren.*

Es war einfach. Ich wusste, was zu tun war.

Ich ging am Ende der zwei Stunden Besuchszeit nicht weg. Niemand wagte mir irgendetwas zu sagen. Alle wussten, dass ich zornig war. Alle dachten: Besser, wir regen ihn nicht noch mehr auf, der Typ ist Arzt, sein Vater ist Arzt, der Chirurg, der ihn operiert hat, ist mehr oder weniger ein Verwandter, es ist eine Familienangelegenheit, heute ist Sonntag, wir haben keine Eile, wir legen die Magensonde morgen, mit seinen hundert Kilo wird er sowieso nicht gleich verhungern.

Ich blieb bei meinem Vater und wachte über sein Atmen und seine kleinsten Gesten. Ich wollte nicht, dass er auch nur eine Sekunde lang allein war.

Ich behielt das Wägelchen der Krankenschwester im Auge, das sie in eine Ecke des Raums geschoben hatte.

Abends war das Team völlig ausgedünnt.

Ein diensttuender Arzt für die ganze Klinik. Eine Krankenschwester für sechzig Betten. Zwei Schwesternhelferinnen für drei Etagen. Als hätte nachts niemand Durst oder Angst oder Lust zu reden oder Schmerzen im Arm, im Bauch, im vom Katheter durchbohrten Penis, am vom Durchfall beschmutzten Po.

Ich wusste, in welcher Schublade ich suchen musste.

Zwei Ampullen, eine Nadel, eine Injektion mehr in die Infusion, niemand würde etwas merken.

Ich beugte mich über ihn und nahm seine Hand.

Ich lasse nicht zu, dass sie dich misshandeln. Ich lasse dich nicht im Stich.

Ich hätte mir gewünscht, dass er mir geantwortet, dass er mit mir gesprochen hätte, wie er es lange getan hatte.

Ich hätte mir gewünscht, dass er noch einmal die Hand gehoben und sie mir auf den Kopf gelegt hätte, der blinde Isaak hätte Jakob gesegnet, ohne Verrat oder üble Tricks, dieses Mal wäre es für eine gute Sache gewesen.

Ich hätte mir ein Zeichen von ihm gewünscht.

ICH WOLLTE MEINER MUTTER NICHT STERBEN HELFEN.

Vielleicht, weil sie mir viel zu lebendig erschien.

Vielleicht, weil ich Angst hatte.

Sie war in einem Bett, auch sie, zehn Jahre danach, sie saß im Bett.

Verbittert litt sie, im Mund, im Bauch, an Müdigkeit, an der Traurigkeit darüber, schon so lange Witwe zu sein. Gegen diesen Schmerz konnten auch all ihre schönen Erinnerungen nicht helfen.

Sie hatte mir gerade gesagt, dass es in ihrem Leben eine Menge Dinge gebe, auf die sie nicht stolz sei, dass sie das Leben satthabe, und wenn ich bereit sei, ihr zu helfen …

Davon wollte ich nichts hören. Ich ließ sie nicht weitersprechen.

Es macht mich traurig, dass du sterben möchtest, Mama, aber es ist dein Recht. Davon abgesehen bin ich dein Sohn, ich werde dich nicht töten, aber wenn du wirklich ein Ende machen willst, hast du alles Nötige in deinem Nachtschränkchen.

Es war nicht richtig von mir, das zu ihr zu sagen.

Nein, sie hat die Antidepressiva, die Schmerz- und Schlafmittel nicht geschluckt, die sie in ihrer Schublade hatte. Sie ist viel später gestorben, an einer guten alten Lungenentzündung.

Sie hatte Glück, und ich war froh darüber: Sie starb nicht, nachdem sie wochenlang bettlägerig gewesen war. Sie starb ausgeglichen, ruhig, sie hatte es akzeptiert, alles war gesagt.

Als ich sie zum letzten Mal sah, in ihrem Krankenhausbett, mit einer ganz kleinen Sauerstoffmaske auf dem Gesicht, sagte sie leise: »Ich sorge mich um gar nichts mehr.«

Später, viel später, bereute ich, dass ich ihr an dem Tag, als sie mich bat, ich solle ihr helfen zu sterben, nicht zugehört hatte. An jenem Tag hatte ich mir eingeredet, ich sei stark und moralisch, aber ich hatte nichts verstanden.

Sie wollte nicht, dass ich ihr half zu sterben, sie wollte, dass ich ihr half zu sprechen. Alles auszupacken. Mir zu erzählen. Mir anzuvertrauen, was sie bereute.

Ich hätte bloß zu sagen brauchen: *Erzähl's mir, ich hör dir zu.*

Aber ich habe es nicht getan.

Ich habe mich lange gefragt, warum nicht.

Warum ich es schließlich nicht gewagt habe, meinem Vater beim Sterben zu helfen.

Warum ich meine Mutter nicht über ihre Lebensmüdigkeit sprechen hören wollte.

WÄHREND MEINER GANZEN KINDHEIT hörte ich meinen Vater immer wieder sagen, dass er sich seinen Lebensunterhalt besser als Beamter oder Automechaniker verdient hätte. Dass er sich dann weniger den Kopf hätte zerbrechen müssen.

Er war der Erste, der überrascht darüber war, dass ich Arzt werden wollte. Das heißt, der Erste nach mir.

Ich weiß nicht, ob ich einen guten Grund hatte.

Eines Tages, es ist lange her, ich war noch klein, verschwand meine Katze.

Schließlich fand mein Vater sie, tot, hinten im Garten. Als ich aus der Schule kam, nahm er mich in die Arme und sagte es mir sehr sanft. Doch ich weinte nicht. Ich wollte sie sehen.

Als er sie mir zeigte, fragte ich, warum sie so steif sei, über ihre gesamte Länge, wie ein Holzscheit. Er versuchte es mir zu erklären, doch ich verstand es nicht so ganz.

Wir steckten sie in eine Plastiktüte und ließen sie in der Garage, solange wir noch keine Kiste für ihr Begräbnis hatten. Am Tag darauf öffnete ich die Tüte und sah meine Katze zusammengerollt daliegen, geradezu friedlich, als hätte sie die platzsparendste Haltung eingenommen, um gut in die Kiste zu passen.

Als ich meinen Freunden davon erzählte, rief einer von ihnen: »Sie ist aus dem Koma aufgewacht und dann *noch einmal* gestorben!« Das glaubte ich ihm aber nicht. Sie war bereits tot gewesen. In der Nacht war etwas passiert, aber was?

Einige Jahre später las ich viele Krimis. Wenn die Ärzte nicht die Mörder waren, machten sie Angaben über den Todeszeitpunkt, sie sprachen von Leichenstarre, Totenflecken und nach dem Tod auftretenden Blutungen.

Habe ich deshalb Lust bekommen, Arzt zu werden?

Ich bin nicht sicher.

Jedenfalls wusste ich sehr früh in meinem Studium, dass ich nicht Gerichtsmediziner werden würde. Dafür habe ich nur einmal beim Sezieren zusehen müssen.

In meinem Studium erfuhr ich, wie sich meine Katze nach ihrem Tod zusammengerollt hatte, aber das sagte mir nicht, warum sie verschwunden war, warum sie ganz allein dorthin gegangen war, ganz hinten in den Garten, um zu sterben.

Die Toten haben über ihr Leben nichts zu sagen.

ICH HATTE SCHON IMMER EIN VERRÜCKTES GEDÄCHTNIS. Nicht für alles, aber für das, was wichtig war.

Ich konnte mich an Stimmen und Worte erinnern, als hätte ich sie gerade erst gehört.

Ich kann alle Bücher auswendig, die meine Mutter und mein Vater mir vorgelesen haben, die Dialoge der Filme, die mir gefallen haben, die Texte von Tausenden von Liedern. Ich brauche nur an die Stimme meiner Mutter denken, wie sie sagte: *Hier machen wir ein Kind bekannt, es wird das kleine Blau genannt* … und höre dann das ganze Buch, oder die Stimme des Mannes aus dem Off, der seine eigene Leiche in einem Schwimmbecken treiben sieht, und schon fällt mir die ganze Geschichte wieder ein. Und ich kann die Sketche der Komiker, die ich als Fünfzehnjähriger stundenlang im Radio hörte, wortwörtlich wiedergeben und sie dabei auch noch perfekt nachahmen.

Heute weiß ich, dass ich dies nicht einer guten Fee, sondern Zufälligkeiten in den Genen und der Embryonalentwicklung verdanke, mein Gehirn ist einfach so beschaffen, weiter nichts. Als ich klein war, waren meine Eltern allerdings ein wenig erstaunt darüber. Als ich drei war, durften sie in meiner Gegenwart nichts Vertrauliches sagen, denn ich wiederholte alles, was ich gehört hatte. Sie brachten mir sehr bald bei, dass man so etwas nicht tut.

Als Kind las ich oft vor. Meine Lehrer hörten mir gern zu, weil ich gut las, und meine Mitschüler, weil ich immer die Stellen wiederfand, die ihnen gefallen hatten. Ich liebte es, die Sätze auszusprechen, ich hatte dabei das Gefühl, sie noch besser zu behalten. Also lernte ich, indem ich laut las. Während des Studiums machten sich meine Mitbewohner im Studentenheim Sorgen, weil sie mich Selbstgespräche führen hörten. Eines Tages wurde ich aufgefordert, zum Psychologen zu gehen. Als ich ihm erklärte, worum es ging, glaubte er mir natürlich anfangs nicht. Ich sagte ihm die Dialoge aus seinen Lieblingsfilmen auf, und er applaudierte zwar, erklärte aber, das sei nichts weiter als eine Varieté-Nummer. Er fürchte, diese übersteigerte Gedächtnisleistung sei reine Illusion und verberge möglicherweise eine tiefgreifende psychische Störung. Ich bot ihm an, die Kurse, aus denen ich gerade gekommen war, vollständig zu wiederholen, doch er sagte, das beweise nichts, es sei nicht nachprüfbar, und da ich ein guter Student sei, könne ich dergleichen durchaus vorspiegeln. Nachdem wir uns zwanzig Minuten lang unterhalten hatten, wiederholte ich ihm Wort für Wort unser gesamtes Gespräch von dem Moment an, in dem ich den Fuß in sein Arbeitszimmer gesetzt hatte, und zwar mit allen Verzögerungen, mit jedem Stottern, allen Pausen, Seufzern, Lachern und den *Bitte entschuldigen Sie*, wobei ich auch – in genau dem Augenblick, in dem es stattgefunden hatte, und mit seinen Schweigestellen – das aufgebrachte Telefonat mit einer Gesprächspartnerin, mit der er offenkundig nicht zu sprechen wünschte, einbaute. Er starrte mich mit offenem Mund an, stellte mir noch zwei, drei Fragen, um mein Gedächtnis auf die Probe zu stellen und sich zu vergewissern, dass er nicht träumte, und dann wurde er ganz aufgeregt, er habe noch nie jemanden mit solchen Fähigkeiten erlebt – ob ich bereit sei, mich testen zu lassen? An der Universität gebe es Neurowissenschaftler, die sich für das Funktionieren des Gedächtnisses interessierten, er werde mir ihre Namen und ihre Telefonnummern geben, ich müsse sie *un-be-dingt* kontaktieren.

Natürlich tat ich es nicht. Und da er an seine Schweigepflicht gebunden war, konnte er mit niemandem über mich sprechen. Im Prinzip jedenfalls. Ob er es nun getan hat oder nicht, ich habe nie wieder von ihm gehört, und das war mir sehr recht. Ich hatte keine Lust, zur Jahrmarktsattraktion zu werden.

Ich lernte, leise zu lesen.

Und entdeckte, dass sich auch die im Kopf ausgesprochenen Wörter unauslöschlich in mein Gedächtnis eingruben.

MIT EINEM SOLCHEN GEDÄCHTNIS Arzt zu werden war nicht sehr schwierig. Vor allem wenn sich die Erinnerungen unablässig untereinander Spießgesellen suchen, als wären sie Tiere derselben Art, Blumen derselben Familie oder Gestein, das dieselben Mineralien enthält. Wenn ich mir den wichtigsten Satz eines Kapitels ins Gedächtnis rief, gruppierten sich die übrigen dahinter und standen mir zur Verfügung. Und wenn es ein bestimmtes Wort war, dann drängten sich dahinter sämtliche Zusammenhänge und Texte, in denen es vorkam. Ganz zu Anfang hatte ich natürlich ein wenig mehr Schwierigkeiten mit Biochemie und Anatomie und allem, was im Wesentlichen durch Formeln und bildliche Darstellungen beschrieben wird. Aber auch nicht mehr als in meiner Gymnasialzeit. Die Zeit verging, und alles wurde immer einfacher.

Im Krankenhaus war ich inzwischen derjenige, der nach dem gefragt wurde, was der Patient am Tag seiner Aufnahme gesagt habe und worüber die Ärzte bei der Stationsbesprechung debattiert hätten, nach den Übergabe-Mitteilungen der Krankenschwestern, den Gesprächen zwischen Tür und Angel mit den Angehörigen, der kleinen Anmerkung des Bettnachbarn, auf die niemand geachtet hatte.

Man freute sich über meine Fähigkeit zuzuhören, wollte jedoch sicher sein, dass ich die hinter der Tür gemurmelten

Todesurteile, die gedankenlosen Anweisungen, die unfreundlichen Äußerungen gegenüber Ehepartnern, Kindern oder Patienten vergessen hatte.

Ich entgegnete, ich würde mir nur das Wichtige merken. Das stimmte nicht. Ich merkte mir alles, und ich musste mich ständig selbst zensieren.

Es war ermüdend.

Ich konnte nicht anders als hören oder zuhören. Ich konnte nicht anders als es mir merken – außer wenn ich zu viel getrunken hatte, und den Zustand mochte ich nicht. Doch ich wollte nicht, dass man das, was ich mir merkte, verwendete, weder gegen mich noch gegen sonst jemanden.

Also lernte ich schweigen.

Am Ende meines Studiums wollte ich in einem Bereich arbeiten, in dem die Patienten nicht zu viel reden und in dem sich das medizinische Personal nicht zu viele indiskrete Fragen stellt.

Einige Monate lang nahm ich Abtreibungen vor. Es war schon seit vielen Jahren nicht mehr illegal. Einige Ärzte behaupteten sogar, es sei banalisiert, als könnte es je *banal* sein, auf einem Tisch zu liegen, während ein maskierter und behandschuhter OP-Anzug einem eine Sonde in die Scheide schiebt, um die Gebärmutter leer zu saugen.

Ich habe dort nur einige Monate lang gearbeitet.

Die Frauen sprachen wenig, doch ich ertrug es nicht, dass sie mir zusahen, wie ich ihre Gebärmutter leerte, und noch weniger ertrug ich es, sie mit geschlossenen Augen leiden zu sehen.

Manchmal schrie eine von ihnen.

Es kam nicht oft vor, die meisten litten schweigend, doch wenn es Schreie oder Weinen, Ausbrüche von Zorn oder großem Kummer gab, dann hallten sie lange in mir nach. Es war unerträglich.

Ich weiß natürlich, dass ich für eine gute Sache arbeitete, früher hätten sie es auf einem Küchentisch oder in einem Hinterzimmer machen lassen und wären vielleicht daran gestorben oder hätten Verstümmelungen davongetragen, doch ich ertrug es nicht, ihr Unglück zu hören und ihnen mit kleinen Handgelenkbewegungen Schmerzen zuzufügen.

Manche wollten betäubt werden. Andere wollten es nicht.

Lange wurde ihnen gesagt, es tue nicht weh.

Ich aber konnte nicht lügen. Wenn sie danach fragten, antwortete ich: *Ja, es kann wehtun, aber ich werde mein Möglichstes tun, damit Sie möglichst wenig Schmerzen haben.*

Nun ja.

Eines Tages, als die Pflegehelferin die letzte Vormittags-Patientin hinausführte, sah ich meine Hände an. Ich hatte in den Handschuhen so stark geschwitzt, dass meine Finger runzelig waren, als hätte ich zwei Stunden in der Badewanne gelegen. Im Umkleideraum zog ich den Kittel aus, mein Hemd war durchweicht und auch meine Hose, als hätte ich hineingepinkelt; wenn es passiert war, so hatte ich es nicht bemerkt. In meinem Kopf schrie immer noch eine Frau.

Ich ging zu Madame Pujade, die für das Abtreibungszentrum verantwortlich war. Sie richtete ihren tiefen und gütigen Blick auf mich.

»Du kannst nicht mehr …«

Ich stammelte irgendetwas Unverständliches, ich weiß nicht mehr was, es sei nicht die Abtreibung selbst, die mich so fertigmache, sondern …

»Es tut dir weh, ihnen wehzutun.«

Das war es. Wenn der andere Schmerzen hat, habe ich Schmerzen. So war ich immer.

Sie verstand alles. Ich bedaure, dass ich sie nicht besser gekannt habe.

Sie gab mir den Rat, in der Schmerzabteilung zu arbeiten.

IN DIE SCHMERZABTEILUNG KAMEN MENSCHEN, die litten.

Die ganze Zeit. Seit Langem. In jeder Hinsicht.

Viele hatten Schmerzen, die niemals benannt, niemals identifiziert worden waren. Ihre Ärzte konnten daran nichts ändern und hatten ihnen manchmal gesagt, die Schmerzen existierten nur in ihrem Kopf.

Man hatte ihnen nicht beigebracht, dass im Kopf das Gehirn ist und dass das Gehirn den Schmerz wahrnimmt und ihn manchmal auch erzeugt. Wenn die Leute sagen, sie haben Schmerzen, dann haben sie Schmerzen. Ihnen zu sagen, das sei »in ihrem Kopf«, ist wie zu sagen: »Sie haben Schmerzen, weil Sie Schmerzen haben.«

Man könnte ihnen genauso gut einen Schlag mit dem Hammer verpassen.

Ich lernte, wie man leichte Schmerzmittel und Morphine einsetzt. Synthetische Opioide. Lokal- und Allgemeinanästhetika. Neuroleptika, Antidepressiva, Muskelrelaxantien, Alpha-Adrenergika. Nahm Plexus- und Periduralanästhesien und Neurolysen vor.

Ich lernte, chronische Schmerzen zu analysieren, den Ursprung projizierter Schmerzen zu erkennen, Phantomschmerzen zu lindern.

Ich lernte, Placebos, Entspannungstechniken, Hypnose, Gesten und Worte einzusetzen.

Gesten, die die Angst beschwichtigen.

Worte, die, ohne falsche Hoffnungen zu wecken, helfen, sich in der Realität einzurichten.

Ich lernte, den Schmerz der anderen zu lindern.

Nicht zu sehr: ohne sie zu betäuben, ohne sie daran zu hindern, sich lebendig zu fühlen.

Doch indem ich ihnen half, diese Schreie aus der Tiefe, die zerfetzen und zerreißen, nicht mehr zu spüren.

Nicht mehr im totalen Schmerz zu sein, der einen daran hindert, etwas anderes zu spüren, was es auch sei. Der daran hindert zu denken. Zu lächeln. In der Welt da zu sein.

Ich habe viel gearbeitet. Und gut, glaube ich.

Aber das reichte mir nicht.

ES GAB SCHMERZEN, DIE ALLEM STANDHIELTEN.
Schmerzen, die man nicht lindern konnte.

Gesichter, die man nicht zu erhellen vermochte.

Und dann war nicht mehr von Schmerz die Rede, sondern von Traurigkeit, Niedergeschlagenheit, oder aber, wenn nichts anzuschlagen schien, dann straffte man sich und sagte in metallischem Expertenton, man habe es mit einer schweren Depression zu tun. Und gab noch mehr Antidepressiva.

Und wenn man alle Mittel erschöpft hatte, ging man aus dem Zimmer, bevor man es selbst war. Und schickte jemand anderen hinein. Der seinerseits scheiterte.

Eines Tages stand ich vor einem dieser erschöpften Körper. Eine Frau.

»Ich möchte schlafen.«

»Ich verschreibe Ihnen …«

»Nein. Ich möchte schlafen. Sie verstehen mich nicht.«

»Ich höre Ihnen zu, aber …«

»*Sie-ver-ste-hen-mich-nicht.*«

Sie sah mich fest an.

»Ich möchte zurück. Nach Hause. Und schlafen. Bitte.«

*

Ihre Worte versetzten mich um sechs Jahre in die Vergangenheit zurück, als ich als Pflegevertretung einer anderen müden Frau gegenübergestanden hatte.

»Ich möchte nach Hause. Man sagt mir, das ginge nicht, es sei noch zu früh, es müssten vielleicht noch Untersuchungen gemacht werden. Wie denken Sie darüber?«

Wie ich darüber dachte?

Ich dachte an den Stationsarzt, der in meiner Gegenwart, als wäre ich ein Möbelstück, vor sich hin gegrummelt hatte, man müsse endlich den Mut aufbringen, dieser Frau zu sagen, dass ihre Krankheit das Endstadium erreicht habe, dass sie sterben würde und dass alles, was man ihr anzubieten habe, sie nur noch ein bisschen mehr leiden lassen würde.

Ich dachte an den Oberarzt, der dem Stationsarzt gesagt hatte, es stehe ihm nicht zu, einem Patienten die Wahrheit zu sagen.

Ich dachte an den Klinikchef, der dem Oberarzt gesagt hatte, es sei grausam, der Patientin ihren baldigen Tod zu verkünden, es sei viel humaner, es ihrem Mann zu sagen, Sie machen das schon richtig, lieber Kollege, Sie haben mein volles Vertrauen.

Ich dachte an die ausweichenden Worte, die der Oberarzt an den Mann dieser Frau gerichtet hatte, daran, wie er jeden Blickkontakt vermieden und nur einsilbig auf die Fragen des Mannes geantwortet hatte, der tapfer Haltung zu bewahren versuchte, trotz der rücksichtslosen Schläge dieses Idioten, der immer wieder betonte: *Und vor allem, das ist ganz wichtig, vor allem dürfen Sie ihr nicht die Wahrheit sagen, nehmen Sie ihr nicht die Hoffnung, dass sie ihre Kinder aufwachsen sehen wird, auch wenn wir leider nichts mehr tun können.*

Ich dachte auch an die guten, zärtlichen Worte der Frau, die ihrem Mann sanft Mut zusprach, diesem Mann, den es zerriss, Lügen hervorzustoßen, und dessen Augen schrien, dass er sie nicht glaubte.

Als ich zu denken aufgehört hatte, hörte ich mich sagen:

»Sie sollten nach Hause gehen.«

Es war mir einfach so herausgerutscht. *Mein Gott, sie wird es begreifen, und es wird ganz schrecklich, sie wird völlig zusammenbrechen.*

Gegen den Rat der Ärzte verließ sie das Krankenhaus noch am selben Abend, drei Tage darauf starb sie. Ihr Mann kam, um der Sekretärin des Chefarztes die Todesanzeige zu geben. Als er am Schwesternzimmer vorüberkam, sah er mich und kam herein. Ich dachte, er würde mich schlagen. Er hielt mir die Hand hin.

»Danke, dass Sie mit ihr gesprochen haben. Ich wollte auch, dass sie nach Hause kam, aber ich wagte es ihr nicht zu sagen.«

Seine Stimme begann zu beben.

»Danke für diese drei Tage.«

*

Sie sah mir fest in die Augen.

»Ich möchte zurück. Nach Hause. Schlafen. Bitte.«

»Ich kümmere mich darum.«

Noch am selben Abend verließ sie, mit allem Nötigen versehen, die Klinik.

Sie wohnte zig Kilometer vom Krankenhaus entfernt. Auch dieses Mal rechnete ich damit, dass ein Familienmitglied zu mir kommen und mir Vorwürfe machen würde. Doch es kam niemand. Monate später erfuhr ich, dass sie mehrere Tage lang geschlafen hatte, in ihrem Haus, die Fenster zu den Feldern hin geöffnet. Und dann war sie endlich aufgewacht, hatte wieder zu essen begonnen und war wieder kräftiger geworden.

Sie hatte die Sonne aufgehen und den Regen fallen sehen.

Sie hatte mit ihren Brüdern gesprochen und mit ihren Freundinnen gelacht.

Und eines Nachmittags im Spätsommer war sie ein letztes Mal eingeschlafen.

Lange Zeit später brachte mir einer ihrer Brüder die Medikamentenpackungen.

»Sie hat sie nicht gebraucht. Die können noch jemand anderem helfen.«

MITTEN ZWISCHEN DEN TAUSENDEN VON WÖRTERN in meinem Kopf gab es auch einige Bilder.

Die Geschichte einer Gruppe von Männern und Frauen in der großen Wirtschaftskrise der Dreißigerjahre. Sie machen paarweise bei einem Tanz-Marathon mit. Dem Paar, das am längsten durchhält, winkt ein märchenhafter Geldbetrag. Alle Paare tanzen bis zur Erschöpfung und fallen dann um wie die Fliegen. Das Paar, das gesiegt hat – oder gerade dabei ist zu siegen, genau weiß ich es nicht mehr –, entdeckt, dass alles reine Bauernfängerei ist. Die Veranstalter werden sämtliche Organisationskosten vom ausgesetzten Preis abziehen. Sie haben sich ganz umsonst so abgemüht. Die Frau ist verzweifelt und gibt ihrem Partner eine Waffe, damit er ihr wie einem gestürzten Pferd den Gnadenschuss gibt.

Die Geschichte eines Soldaten im Ersten Weltkrieg. Direkt neben ihm schlägt eine Granate ein. Als man ihn aufhebt, ist er in schlimmer Verfassung, aber er lebt noch. Nachdem der Feldchirurg einen stummen, tauben und blinden Torso aus ihm gemacht hat, erklärt er, der Soldat habe kein Bewusstsein mehr, und befiehlt, ihn in einem Zimmer verfaulen zu lassen. Er wird täglich von einer Krankenschwester gewaschen und über eine Sonde ernährt. Doch der junge Mann verfügt noch über sein Gehirn. Er sucht nach einer Möglichkeit, mit ihr zu sprechen. Und er findet eine.

Eine Szene aus einem japanischen Film. Im 19. Jahrhundert tritt ein junger Arzt seinen Dienst in einer ärmlichen Ambulanz an, die von einem ganz dem Wohl seiner Patienten verpflichteten Arzt geleitet wird. Der junge Mann verachtet diese Medizin, der es an fast allem fehlt. Eines Tages führt ihn sein Chef in das Zimmer eines sterbenden alten Mannes und sagt: »Wache bis zu seinem letzten Atemzug bei ihm. Die letzten Augenblicke eines Menschen sind erhaben.«

Diese Geschichten waren seit Langem da. Wenn ich sie vergaß, tauchten sie wieder auf. Aber ich verstand nicht, was sie mir sagten.

BITTE VERZEIHEN SIE, dass ich meine Geschichten nicht in geordneter Abfolge erzähle.

All das kommt mir ohne Vorwarnung und in Wellen ins Gedächtnis.

Ich weiß nicht mehr, wann ich anfing, mir Fragen zu stellen.

Nicht einmal, ob es ein erstes Mal gab. Nach und nach wurde es unvermeidlich.

Es hieß: »Wer weder körperlich noch seelisch leidet, will nicht sterben.« Das stimmt, meistens jedenfalls.

Ich wusste es. Ich kannte die Regeln.

Und ich tat, was ich konnte, um die leisesten Anzeichen von Unbehagen zu bemerken. Befeuchtete die Lippen, sobald sie ein wenig zu trocken waren. Wechselte ein etwas zu weiches oder etwas zu hartes Kopfkissen aus. Massierte einen Rücken oder einen Po, der erschöpft war, weil er einen abgemagerten Körper zu lange gestützt hatte.

Ich verbrachte Stunden am Bett der unaufhörlich leidenden Patienten, damit der manchmal zu kurze Besuch des Partners, der Kinder, der Freunde ihnen noch ein bisschen tröstlicher war.

Ich wollte, dass der Mann oder die Frau im Bett die oder den Eintretenden anlächelte. Ich wollte, dass der besorgte Besucher sich beim Eintreten beruhigt fühlte und zurücklächelte, dass der düstere Rahmen des Krankenzimmers hinter der Wiedersehensfreude verschwände.

Doch manchmal reicht alle Erleichterung, Beruhigung, Zuwendung nicht aus. Manchmal sitzt der Schmerz weder im Körper noch im Denken. Es ist eigentlich nicht mehr ein Schmerz, sondern die von einem regelrecht herausgerissenen Stück des Selbst hinterlassene Leere. Eine unergründliche, nicht zu füllende Abwesenheit. Ein Fehlen.

Das, was man empfindet, wenn man alle seine Tage zubringt, ohne mit jemandem zu sprechen, ohne dass jemand kommt und sich über einen beugt und einem die Arme um die Schultern legt, während man lesend auf dem Sofa sitzt, ohne eine Hand, die einen im Vorübergehen streift, ohne ein Lächeln, das man schenkt oder auffängt.

Auch die Abwesenheit des anderen ist eine Hölle.

Es ist weder Schmerz noch Depression, noch Einsamkeit.

Es ist ein noch schmerzhafteres Gefühl.

Das Gefühl, genug zu haben.

Des Daseins überdrüssig zu sein.

Damals tolerierten es einige Staaten in Europa und Amerika oder sie erlaubten es sogar, dass man, unter bestimmten Bedingungen, half. Doch hier brauchte man das Wort nur in den Mund zu nehmen, und alles brüllte los.

Die Heuchelei war unerträglich.

Wenn junge Leute nach einem Autounfall im Koma lagen, versuchten ganze Teams von Ärzten und Psychologen, die Angehörigen dazu zu bringen, einer Organentnahme zuzustimmen. Dabei erklärten sie nicht immer, dass das Gehirn eine seltsame Maschine ist: Wenn es nicht völlig hinüber ist, kann man nie ganz sicher sein, dass es den Betrieb endgültig eingestellt hat.

Sie sagten, die anderen Organe seien kostbar. Täglich stürben Kranke, die auf eine Transplantation warteten. Wenn es möglich sei, eine Leber, ein Herz, eine Lunge, Nieren, Hornhäute für die Augen oder ein Stück Haut in gutem Zustand zu entnehmen, könne man von einer beschädigten Hirnrinde absehen. Dieses Dahinvegetieren sei kein lebenswertes Leben. Der- oder demjenigen, der dies nicht ausdrücklich verweigert hat, können Organe *entnommen* werden.

Man versuchte die Familie davon zu überzeugen, dass es eine gute Tat sei. Oder warf ihr Egoismus vor. Dank diesem einen Tod könnten so viele Leben gerettet werden.

Ein Patient im Koma hatte im Grunde nicht viel Gewicht. Er war nicht mehr imstande, seine Meinung dazu abzugeben. Seine Familie war es genauso wenig, und man würde nicht warten, bis sie wieder zu Sinnen gekommen wäre. Man konnte an ihrer Stelle *vernünftigerweise* befinden, dass diese kostbaren Organe mehr wert waren als ein künstliches Überleben.

Andere wohlmeinende Ärzte fragten die Behinderten nicht, bevor sie sie sterilisierten. Sie fragten die Frauen nicht, denen sie die Gebärmutter oder die Brüste entfernten. Sie fragten die Männer nicht, denen sie einen Fuß oder die Prostata amputierten. Sie fragten die Eltern nicht, bevor sie den Frühstgeborenen, die sie für nicht überlebensfähig hielten, Kalium verabreichten.

In all diesen Fällen und noch vielen anderen fanden sie es *vernünftig*, zu entscheiden, ohne die Hauptbetroffenen zu fragen. Es war nicht nur Heuchelei, es war auch Machtausübung.

*

Eines Tages – ich war noch Student und nur einer von vielen im kompakten Tross des Chefarztes auf seiner wöchentlichen Visite – standen wir am Bett eines Komapatienten. Als der Oberarzt hörte, dass es auf der Station an Betten fehlte, sagte er der Krankenschwester etwas ins Ohr. Sie sah ihn kurz an und ging dann wortlos weg. Als sie mit einer gebrauchsfertigen Spritze zurückkehrte, hatten wir das Zimmer schon verlassen. Der Chefarzt bestimmte eine Studentin und sagte ihr, sie solle *das in die Infusion des Patienten geben*, dann drehte er ihr den Rücken zu und ging ins nächste Zimmer. Als die Studentin wiederkam, ganz stolz darauf, dass er sie für diesen Vertrauensdienst ausgewählt hatte, wollte sie Spritze und Nadel im Behandlungsraum entsorgen. Dort reinigten zwei Pflegehelferinnen Instrumente.

»Wo soll der Neuzugang hin? Auf eine Trage im Flur?«

»Nein, ins Zimmer 12.«

»Das ist nicht frei!«

»Bald ist es frei, ich habe gerade gesehen, wie die Schwester den Cocktail vorbereitete.«

*

Damals herrschten Schweigen und Unterwerfung. Die Ärzte urteilten. Frei und unbeschränkt.

Doch wenn ein Mann oder eine Frau spürte, dass das Leben nur noch Schmerz und Kummer war, fanden es dieselben Ärzte nicht *vernünftig*, dass sie ihrem Leben ein Ende setzen wollten. Dieser Wunsch war nicht der eines seiner Sinne mächtigen Menschen, eines kompetenten Individuums. Sie weigerten sich nicht nur, diesen Wunsch anzuhören, sie drohten auch noch damit, diese Menschen wieder zu *normalen* zu machen – indem sie sie in eine geschlossene Abteilung oder in eine chemische Zwangsjacke steckten.

Leben retten war die Devise der Ärzte, Töten ein Privileg ihrer Kaste.

Also taten die Männer und Frauen, die nicht mehr konnten, so, als ginge es ihnen besser, und warteten, bis ihnen der Medizinprofessor den Rücken gekehrt hatte – was nie lange dauerte. Dann wurden sie nach Hause entlassen, und einige Tage darauf steckten sie sich im Keller einen Gewehrlauf in den Mund, oder sie knüpften sich an einem Dachbalken auf. Und wurden dann von ihrer Putzfrau, ihrem Nachbarn oder ihrem Kind gefunden.

Das wollte ich nicht auf dem Gewissen haben.

ALS KLEINER JUNGE HABE ICH einen Dokumentarfilm über die Indios in den Anden gesehen. In diesem Film wurde ganz nebenher erläutert, dass dort Männer und Frauen Kokablätter kauen, um ihre Schmerzen zu lindern, aber auch, um Hunger, Kummer, Kälte und die Grausamkeit des Lebens zu vergessen.

Während meines Studiums las ich in einer renommierten nordamerikanischen medizinischen Zeitschrift, es gebe unter den Ärzten einen größeren Anteil von Drogenabhängigen, Alkoholikern, Geschiedenen, Depressiven, Rauchern und Todesfällen durch Herzinfarkt oder Selbstmord als im Bevölkerungsdurchschnitt.

Wie sollte es auch anders sein?

Wenn man beschließt, Arzt zu werden, dann oft aus dem Wunsch heraus, die anderen daran zu hindern, krank zu werden und zu sterben. Und noch während wir Arzt werden, leiden wir an unserem Wunsch. Wir werden von unserem Unwissen überwältigt, von unserer Ohnmacht niedergeschlagen und von dem Wissen verfolgt, dass wir selbst genauso gefährdet sind wie die anderen, dass unseren Verwandten, unseren Freunden, unseren Partnern, den Menschen, die wir lieben, nichts erspart bleiben wird, auch ihnen nicht, ob wir nun an ihrer Seite sind oder nicht.

Viele Ärzte springen so unerbittlich mit Menschen um,

die zu viel essen oder rauchen, die sich Drogen spritzen oder wie verrückt Sex haben oder die ihrem Leben ein Ende setzen wollen, um ihre Angst vor dem Leben zu überwinden, weil sie selbst nicht imstande sind, diese Angst in sich zu beschwichtigen: Sie wissen, dass sie immer da sein wird.

DIE SCHMERZABTEILUNG BESTAND aus einer Handvoll engagierter und solidarischer Ärzte und Krankenschwestern.

Wir gingen von Station zu Station und kümmerten uns um die Schmerzen, die die Behandlungen der Chirurgen und Onkologen nicht zu lindern vermochten – oder die sie erst hervorgerufen hatten.

Wir wurden nicht immer freundlich empfangen. Gewiss, manche Ärzte waren bereit zu lernen, wie man Schmerzen vermeidet. Andere jedoch waren der Ansicht, das sei nicht ihr Problem, und behandelten uns wie Eindringlinge, die ihre Nase in fremde Angelegenheiten steckten und vertraute Gewohnheiten umstürzen wollten.

Diejenigen, die am meisten um Rat, um Unterstützung und Anleitungen baten, waren die Krankenschwestern und die Medizinstudentinnen und -studenten. Denn mit ihnen sprachen die Kranken, von ihnen ließen sie sich die Hand halten – wenn sie sich nicht an ihre Ärmel klammerten. Sie waren es, die von den Angehörigen gebeten wurden, mit den ausweichenden Oberärzten, den überforderten Assistenzärzten, den am *Burn-out* leidenden Stationsärzten zu sprechen. Sie waren es, die uns frühmorgens oder spätabends anriefen, manchmal sogar von zu Hause aus, damit ihre Vorgesetzten es nicht merkten.

Sie beschrieben uns Schreckliches.

Lange waren uns die Hände gebunden: Wir mussten uns einer verrückten Anzahl administrativer Vorschriften unterwerfen, um tröpfchenweise die nötigen Medikamente zu bekommen. Viele Oberärzte waren abwesend oder nicht erreichbar – wenn sie nicht feindselig waren. Und ohne den Oberarzt konnte nichts entschieden werden.

Zum Glück gab es eine ungeheure Verschwendung. Viele Klinikärzte verschrieben im Übermaß. Das musste genutzt werden. Wenn daher starke Schmerzmittel nicht verwendet wurden – weil sie falsch verschrieben worden waren oder weil der Patient sie nicht mehr benötigte –, zeigten wir dem Pflegepersonal, wie man sie aufbewahren, einen geheimen Vorrat anlegen und diesen sinnvoll einsetzen konnte.

Mit dieser Praxis ließ sich verhindern, dass ein Patient, dem man sofort Erleichterung verschaffen wollte, tagelang warten musste. Wir verstießen gegen die Vorschriften, doch die Kontrolleure der Verwaltung verschlossen die Augen davor, denn auch ihre kranken Verwandten, Ehepartner, Kinder und Freunde profitierten davon.

Eine irrwitzige Situation. Die Hersteller verteilten großzügig Schmerzmittel als Gegenleistung dafür, dass das Krankenhaus weit weniger hilfreiche, dafür aber viel teurere Medikamente bestellte, die von sorgfältig manipulierten Ärzten verordnet wurden. Lange lavierten wir unsichtbar zwischen der Gier der einen und der Inkompetenz der anderen.

Der Preis, den wir dafür zahlten, war umso unerträglicher.

Denn es waren immer zu viele. Auf jeden Krebskranken, dem wir Erleichterung verschaffen konnten, kamen zehn, die nutzlosen Chemotherapien ausgeliefert waren. Auf jeden vor Schmerz verstummten Menschen, dem wir die Sprache zurückgaben, kamen zwanzig, die schrien, ohne dass man sie hörte.

Doch nach und nach wurden wir mehr. Und wir kümmerten uns auch um die palliative Versorgung von Patienten, die am Ende ihres Lebens standen.

Wir entfernten die unerträglichen Magensonden, die schrillen Monitore, die nutzlosen Beatmungsgeräte, die überflüssigen Infusionen. Wir legten die Sterbenden auf bequemere Matratzen, unter sanfteres Licht, wir boten ihnen tägliche, rücksichtsvolle Pflege und ersparten ihnen Demütigungen. Wir taten unser Möglichstes, um ihnen das Ende zu erleichtern.

Und wenn sie schon zu weit weg waren, um diese Pflege schätzen zu können, so taten wir es trotzdem, um die leidenden Angehörigen zu trösten.

Naiv und engagiert, wie wir waren, hielten wir uns für Wohltäter – wir waren nur die Alibis eines Systems.

DER TOD IST DER GROSSE GLEICHMACHER, HEISST ES.

Nun ja.

Das stimmte vermutlich zu einer Zeit, als jedermann an Cholera, Röteln oder Tuberkulose sterben konnte.

Doch als ich mich dem Schmerz-Team anschloss, stimmte es absolut nicht. Es gab keine Gleichheit in der Behandlung, es gab keine Gleichheit im Tod.

Die Chefärzte, die die Verabreichung der letzten Cocktails tagsüber unschuldigen Studentinnen und nachts erschöpften Krankenschwestern überließen, verkündeten, die Hand auf dem Herzen, laut und vernehmlich, das Leben sei heilig und müsse gemäß dem hippokratischen Eid respektiert werden, die Ethik der Heilenden ver-bie-te seinen Abbruch.

Und die Patienten, die von einem Beatmungsgerät in ihrem Bett erdrückt wurden, konnten noch so sehr zu protestieren versuchen, es kam nicht infrage, einfach den Stecker zu ziehen.

Gewiss, einem Bankier, der an einem breit gestreuten Krebs starb, wurde die letzte Spritze nie verweigert. Der alten Mutter eines Ministers wurden die Morphiumtabletten nie verweigert. Doch wenn der Wunsch von einem anonymen jungen Querschnittsgelähmten kam, der endlos in einer eisernen Lunge weiterleben sollte – und dieser Wunsch auch noch öffentlich bekannt wurde –, kam es nicht infrage, ihm zu entsprechen. Dieser junge Mann war vermutlich depressiv. Oder von den Einflüsterungen seiner Umgebung beeinflusst. Oder nicht hinreichend über die Möglichkeiten eines Überlebens unter akzeptablen Bedingungen informiert – man denke an den berühmten Schauspieler oder den renommierten Wissenschaftler, die man auf Fotos im elektrischen Rollstuhl sitzen sieht oder mit metallischer Stimme über ihre Computerbildschirme sprechen hört. Wenn sie so leben, dann ist es möglich, so zu leben. Sie sind die Vorbilder und Beispiele, an die man sich halten kann.

Natürlich hielt dieses Argument nicht stand. Was für den anderen gut ist, ist nicht unbedingt das, was ich für mich haben will. Die Frage ist nicht, ob ich ohne Arme und Beine, unter ständiger Morphiumzufuhr und mit einem aus dem Magen ragenden Röhrchen weiterleben kann.

Die Frage ist, ob ich auf diese Weise weiterleben *will*!

Das war die einzige Frage, und sie ist es noch heute, obwohl sich vieles geändert hat.

»Welche Freiheit habe ich?«

Darüber waren sich also damals keineswegs alle einig.

Angefangen beim medizinischen Personal selbst.

Denn auch hier war es eine Frage der Macht.

Die Heilenden an vorderster Front – diejenigen, die genauso lebten wie die Patienten, in denselben Mietshäusern, im selben Viertel, wo sie dieselben Schulen besuchten – gingen denselben Weg, wenn sie krank waren und wenn sie starben. Sie landeten im Krankenhaus. Wo sie ihrerseits Anonymität, Unwissen, Verachtung und unendliche Wartezeiten erlebten.

Die Klingel, die nicht klingelt. Die erschöpften Krankenschwestern. Die eiligen Klinikärzte, die kaum den Kopf durch die Tür stecken und ihn gleich wieder zurückziehen, weil ihr Handy klingelt. Und die, wenn sie lange genug mit der Ehefrau, der Geliebten, dem befreundeten Anwalt, dem Journalisten gesprochen haben, nach einem Blick auf die Uhrzeit auf dem kleinen Display beschließen, dass sie nicht mehr die Zeit haben, wirklich einzutreten, und im Glauben, man könne sie auf dem Gang nicht mehr schwatzen hören, achselzuckend zur Krankenschwester und den stummen Studenten sagen: »Der hat sowieso keine Chance mehr, was sollen wir noch machen, armer Kerl, schicken Sie ihn heim.«

Die Glückskinder unter diesen sterbenden Heilberuflern hatten noch einen Betäubungsmittel-Rezeptblock oder einen Vorrat an nicht frei verschreibbaren Medikamenten. In ihrem egoistischen Wunsch, nicht unnötig lange ausharren zu müssen, versuchten sie noch einen Hauch von Rücksicht auf ihre Umgebung zu nehmen, indem sie die nötige Tablettenmenge, die es ihnen erlauben würde einzuschlafen, ohne alles wieder zu erbrechen, möglichst genau berechneten und den Rest entsorgten, damit nicht ihr Ehepartner oder ihre Kinder sie später aus Versehen oder aus Verzweiflung schluckten.

Und wenn sich dann ihre Familie, erschöpft vom Wachen am Bett, eines Tages ein wenig zurückzog, schenkten sie sich ein letztes Glas ein, mischten die sorgsam zermahlenen Tabletten unter die Flüssigkeit und tranken das Glas aus, vielleicht unmittelbar nach dem Besuch der Nachbarin, die ihnen noch die Decke über die Knie gezogen hatte.

Diejenigen jedoch, die besonderes Pech hatten, krepierten im Krankenhaus. Wie die anderen. Und sie konnten noch so sehr darum bitten, aus ihrem Elend gerissen zu werden, man schenkte ihnen genauso wenig Gehör wie den anderen. Man neigte sogar dazu, ihnen noch mehr aus dem Weg zu gehen, weil sie die Lügen nicht schluckten; sie hatten in der Vergangenheit zu häufig erlebt, wie man sie anderen aufgezwungen hatte.

Im Tod wie im Leben waren gewisse Ärzte privilegiert. Die Professoren, die am Ende ihrer Kräfte waren, bekamen von ihren Schülern nicht erzählt – denn das hätten diese nicht gewagt –, sie stünden unter Schock, es gebe noch Hoffnung, das könnten sie ihren Angehörigen nicht antun, sie wüssten nicht, was sie sagten, sie müssten es sich noch einmal überlegen, einen Psychologen konsultieren, die Depression behandeln lassen und darüber nachdenken, ob sie nicht bei einer Studie mitmachen wollten – denn Sie wissen ja, es gibt immer wieder neue, vielversprechende Ansätze.

Man hielt ihnen keine Moralpredigten. Erteilte ihnen keine Lektionen. Man sagte ihnen, man werde sich um alles kümmern – oder hätten sie vielleicht eine Präferenz für einen bestimmten Wirkstoff? Und wenn sie ihn dann selbst nehmen wollten – lieber in einem Scotch *on the rocks* oder in einem trockenen Martini, *shaken, not stirred*?

Manchmal wusste man dennoch nicht, was man ihnen

sagen sollte. Sie kennen sicher die Geschichte von dem Chirurgen, der Spezialist für Speiseröhrenkrebs ist und bei dem – Speiseröhrenkrebs diagnostiziert wird. Er konsultiert seine brillantesten Kollegen. Die meisten waren früher seine Schüler, er weiß, wie gut sie sind, und vertraut ihnen. Zu seiner großen Bestürzung antworten ihm alle dasselbe: *Er* sei der Spezialist. Wie sollten sie *ihm* raten, was zu tun sei? Sie schieben sich seinen Tumor zu wie eine heiße Kartoffel. Die Monate vergehen, sein Zustand verschlechtert sich, er wird immer noch nicht behandelt. Eines Tages lädt ihn sein Nachbar zu einem Bier auf der Veranda seines Holzhauses ein. Dem Nachbarn fällt das mitgenommene Aussehen des Chirurgen auf, er sagt es ihm. Der kranke Chirurg schüttet ihm sein Herz aus, und der Nachbar, der nichts davon versteht, dem es aber nicht an gesundem Menschenverstand gebricht, sieht in den Himmel und sagt: »Du brauchst einen guten Arzt.« Auf diesen naheliegenden Rat hin verlässt der Chirurg die Region, in der er bekannt ist, lässt sich am anderen Ende des Landes nieder und kann endlich behandelt werden.

Aber vergessen Sie nicht, sterben muss er trotzdem.

ICH WEISS NICHT MEHR, warum ich Ihnen das erzählt habe.

Manchmal weiß ich nicht mehr, worauf ich hinauswollte.

Ich erzähle und erzähle, und gerate dabei auf Abwege.

Ich käue alten Zorn wieder, und das ist zu nichts nutze.

Nora sagte immer, das sei Zeitvergeudung, das Wesentliche liege anderswo.

Ich werde Ihnen von ihr erzählen.

Aber nicht sofort.

Wir haben keine Eile.

Worüber lächeln Sie?

Wegen des »Wir haben keine Eile«? Das war kein Scherz.

Aber es freut mich, dass ich Sie zum Lächeln gebracht habe.

Wo war ich stehen geblieben?

Ich meine: bevor ich mich in meiner Predigt über die Ungleichheit verheddert habe.

Ach ja, das Schmerz-Team.

Es war nicht alles so leicht.

In den Krankenzimmern nahmen wir uns gewöhnlich

Zeit und hörten zu. Doch sobald wir sie verließen, herrschte das Chaos. Die Angehörigen baten um zeitliche Voraussagen. Das Pflegepersonal um Anweisungen. Die Verwaltung verlangte Kurzberichte, Bilanzen, Ergebnisse.

Niemand hörte auf uns, als wir dazu rieten innezuhalten, überflüssige Behandlungen einzustellen, die verrückten Zeitpläne der Schwestern und Pflegehelferinnen zu überdenken. Niemand nahm uns ernst, als wir vorschlugen, den Verwandten, Freunden oder Partnern, die tagsüber nicht kommen konnten, auch spätabends Besuche zu gestatten; die Fragen der Familien verständlich zu beantworten; das Bett zu verrücken, damit es gegenüber (oder eben nicht gegenüber) der Tür oder dem Fenster stand; intelligente Studierende abends und morgens Zeit mit denjenigen Patienten verbringen zu lassen, die bei Verstand bleiben wollten, aber nicht mehr die Kraft hatten zu lesen …

Und natürlich hörte man auch nicht auf mich, als ich später vorschlug, den Patienten, die von ihrer Todesangst gequält wurden, kleine Dosen LSD, Psilocybin, Meskalin oder anderer Halluzinogene zu verschreiben. Niemand las die Artikel, die darüber auf der anderen Seite des großen Teichs veröffentlicht wurden. Niemand wollte hören, dass die bis dahin verbotenen und verteufelten Substanzen die Ängste der unheilbaren Patienten lindern und es ihnen ermöglichen konnten, ihre letzten Monate im Frieden mit sich selbst und im Austausch mit ihren Angehörigen zu verbringen.

Die Frage, ob man ihnen helfen solle, den Zeitpunkt des Abschieds selbst zu wählen, durfte nicht einmal angeschnitten werden.

Prinzipien waren wichtiger als die Linderung von Leid.

Ich habe lange gekämpft. Ich schrieb Vermerke, Zusammenfassungen und Präsentationen, veröffentlichte Artikel, belagerte medizinische Kommissionen und Ethik-Ausschüsse. Man erklärte mir, die palliativen Behandlungsmöglichkeiten seien noch nicht hinreichend ausgereift, die Bitten, sterben zu dürfen, seien Hilferufe und ein schlafender Sterbender bitte nicht darum, sein Ende zu beschleunigen.

Mit denen, die nicht schliefen, wollte man sich nicht befassen.

Schließlich gab ich es auf, mit diesen wörterspeienden Windmühlen zu kämpfen. Vergebliche Mühe, sagte ich mir.

Bis mich André rief, der Erste.

ANDRÉ WAR ZEHN JAHRE ÄLTER ALS ICH.

Er litt an einer grausamen Krankheit. Ohne Behandlungsmöglichkeiten, ohne Hoffnung. Seine Muskelfasern starben eine nach der anderen. Anfangs hatte er Mühe gehabt, die Arme zu heben. Er musste seine Kaffeetasse mit beiden Händen halten, um sie zum Mund zu führen. Und dann wurde es für ihn schwierig zu gehen. Eines Tages musste man ihm das Essen klein schneiden, dann fütterte man ihn mit pürierten Speisen. Bald würde er nicht mehr in der Lage sein, die Hand seiner Frau oder eines seiner Kinder zu drücken, die kleinsten Gesten auszuführen, zu sprechen, zu trinken oder auch nur zu atmen.

Es war ihm gelungen, zu Hause zu bleiben. Er hatte die nötigen Mittel. Er war Arzt.

Wir hatten in derselben Abteilung gearbeitet, damals waren wir eng befreundet gewesen. Als er sich an mich wandte, hatte ich ihn schon viele Jahre nicht mehr gesehen. Ich hatte nicht gewusst, dass er krank war. Er hatte bereits große Mühe zu schlucken. Er hatte zunehmend Angst, im Schlaf zu ersticken oder, schlimmer noch, eines Morgens aufzuwachen und zu merken, dass man ihm die Kanüle eines Beatmungsgeräts in den Hals gebohrt oder seinen Bauch an eine Breipumpe angeschlossen hatte.

Er konnte noch sprechen, wenn auch mit Mühe. Er sagte …

… Entschuldigen Sie, ich suche ein kleines Heft, es lag auf dem Tisch, als wir uns setzten, aber ich sehe es nicht mehr. Ah, es ist unter den Sessel gerutscht. Nein, nein, bleiben Sie sitzen. Ich bin zwar nicht schnell, aber es wird schon gehen. Ich hab's ja schon.

Beim Sterben will ich nicht sehen, dass meine Brust sich gegen meinen Willen hebt und senkt, ich will nicht an meiner statt eine Maschine atmen hören. Ich will meiner Familie Auf Wiedersehen sagen können. Mit meinem Mund, meinen Lippen, meiner Kehle.

Er hatte Dinge erlebt, auf die er stolz war, andere, die er bitter bereute. Erstere hatte er seinen Kindern erzählt, doch er litt bei dem Gedanken, niemandem von den anderen erzählen zu können. Solange er noch dazu in der Lage war, hatte er sie in kleine Hefte geschrieben, die nicht so dick und dadurch leicht zu handhaben waren.

Aus Angst, seine Angehörigen könnten darauf stoßen, schloss er sie jeden Abend in einer Schublade seines Schreibtischs ein. Eines Morgens war er nicht mehr imstande, die Schublade aufzuschließen.

An jenem Tag hatte er beschlossen, sich an mich zu wenden.

»Ich möchte, dass du mir hilfst.«

Anfangs tat ich so, als verstünde ich nicht. Ich hätte gern gefragt: »Warum ich?«, aber dazu ließ er mir keine Zeit.

»Ich weiß, wer du bist. Ich weiß, was du tust. Ich habe gehört, wofür du eintrittst. Du verstehst mich sehr gut.«

Er wandte den Blick zu seinem Schreibtisch, zeigte mir, wo der Schlüssel lag, bat mich, seine Hefte aus der Schublade zu holen, sie mit nach Hause zu nehmen und sie zu lesen und danach wiederzukommen.

Es waren vier. Ich las sie noch in derselben Nacht.

Ich beleidigte ihn nicht mit der Bitte, es sich noch einmal zu überlegen. Er hatte genug Zeit gehabt, das Für und Wider zu erwägen. Er hatte genug Zeit gehabt, es aufzuschreiben und neu zu schreiben.

»Es ist meine letzte Entscheidung als freier Mensch. Heute kann ich sie noch treffen. Ich will sie treffen, bevor ich nicht mehr sprechen kann.«

Ich verstand. Ich hörte seinen Wunsch. Er war nicht der Erste, der mir einen solchen Wunsch mitteilte. Er war nicht der Erste, der mich um Hilfe bat. Aber ich war immer ausgewichen. Bei Fremden war das relativ einfach. Es war immer nur eine vorübergehende Begegnung. Ich war nicht ihr Arzt. Ich konnte mich darauf beschränken, den Schmerz zu lindern und gegebenenfalls wegzusehen. Weiter war ich nie gegangen.

André war kein Fremder. Und er hatte keine Schmerzen. Was er von mir erbat, konnte er von niemandem sonst erbitten.

Ich war mir meiner gar nicht sicher. Das sagte ich ihm.

»Einmal musst du ja damit anfangen. Und du hast doch schon ganz anderes erlebt. Erzähl mir nicht, du hättest nie eine Dosis verordnet, die ein wenig über der empfohlenen Menge lag. Oder du hättest nie etwas zweimal verordnet, das nur einmal hätte verordnet werden dürfen. Oder du hättest nie eine verzweifelte Ehefrau oder einen verzweifelten Ehemann fragen hören, ob es gefährlich sei, wenn der Kranke die gleiche Tablette zweimal nähme …«

Ich sagte ihm, das sei nicht dasselbe.

»Nein. Das stimmt. In all diesen Situationen konntest du aus dem Krankenzimmer oder der Wohnung gehen und sie allein weitermachen lassen. Ich hingegen brauche dich dann an meiner Seite.«

Er lächelte. Er konnte noch lächeln.

»Es wird leicht, du wirst sehen.«

AM VEREINBARTEN TAG, es war an einem Wochenende, ging ich mit allem Nötigen zu ihm.

Seine Familie war den ganzen Tag nicht zu Hause, ich hatte mich erboten, solange bei ihm zu bleiben, als Freund. Sie wussten, dass ich Arzt war, und das beruhigte sie.

Ich schloss eine weitere Flasche an seine Infusion an. Ich steckte die Ampullen in die Pumpe und regelte den Durchfluss. Ich gab ihm das Bedienungselement in die Hand. Ich legte seinen Zeigefinger, in dem er noch ein wenig Kraft hatte, auf den Schalter.

Eine Stunde später hatte er den Schalter immer noch nicht betätigt.

Er hatte Angst. Das erstaunte mich nicht, aber er verstand den Grund nicht: Er hatte doch alles gut überlegt und war entschlossen. Er hatte keine Angst vorm Sterben, das hatte er mir mehrmals gesagt, doch er wurde von etwas zurückgehalten, das er nicht zu benennen vermochte.

Seine Angst macht mir Angst.

Ich wollte ihm ein Beruhigungsmittel geben, doch er lehnte es ab. Er wollte nicht das Bewusstsein verlieren.

Er wollte sprechen.

»Meine Hefte.«

Ich holte sie aus der Schublade.

»Schreib.«

Er erzählte mir die Fortsetzung seiner Geschichte. Der Geschichte, die er niemandem erzählen wollte und die er mir zu lesen gegeben hatte. Der Geschichte, die er nicht zu Ende geschrieben hatte.

Ich war nicht mehr daran gewöhnt zu schreiben. Meine Buchstaben waren zu groß, ich malte sie langsam.

Er erzählte, und ich hätte schwören können, dass seine Stimme fester wurde. Anfangs war sein Erzählen abgehackt, fast wie besessen. Ein Kampf gegen die Zeit. Er erzählte eine Geschichte, deren Orte und Personen ich nicht kannte, die ich nicht immer verstand, doch aus Angst, ihn zu ermüden, wollte ich nicht nachfragen, also schrieb ich, ich schrieb, so schnell ich konnte. Wenn er außer Atem war, holte ich auf.

Sein Wunsch hatte mich sehr aufgewühlt, deshalb kam ich gar nicht auf den Gedanken, dass es reichen würde, wenn ich zuhörte und seine Worte später niederschrieb.

Während ich schrieb, merkte ich, dass sein Atem regelmäßiger wurde. Anfangs hatte er meinem Kritzeln besorgt zugesehen, inzwischen erzählte er mit geschlossenen Augen. Er erzählte ohne Schwierigkeiten, die Worte flossen. Es bestand keine Dringlichkeit mehr für ihn. Er ängstigte sich nicht mehr. Er wusste, dass ich bis zu seinen letzten Worten bei ihm sein würde.

Ich schrieb so lange, dass wir am Ende des schwarzen

Heftchens ankamen. Er hatte noch mehr gekauft. Ich füllte ein weiteres, bevor er zu erzählen aufhörte.

»So, jetzt bin ich fertig.«

Ich legte Heft und Stift nieder. Ich sah André wortlos an. Er behielt die Augen geschlossen.

Lange Zeit sagte er nichts.

Schließlich öffnete er kurz ein letztes Mal die Augen und murmelte: »Danke.«

Ich hörte den Piepton der Pumpe, die sich in Gang setzte.

Lange danach, als ich die Infusion aus seinem Arm zog, dachte ich, dass er recht gehabt habe.

Es war leicht gewesen. Es war gut gegangen.

Ich empfand weder Reue noch Schuldgefühle, im Gegenteil. Ich blieb da, um auf seine Frau und seine Kinder zu warten, um, wenn sie nach Hause kämen, in ihrem Kummer bei ihnen zu sein und ihnen, wie André es von mir erbeten hatte, zu sagen, er sei friedlich gegangen, im Schlaf.

Seine Frau dankte mir dafür, dass ich ihn hatte einschlafen lassen. Und dafür, dass ich da gewesen war.

*

Ja, es war gut gegangen.

Doch er hatte mir fünf Hefte hinterlassen, die ich selbst zum Teil vollgeschrieben hatte, und mir nicht gesagt, was ich damit tun sollte.

Ich würde sie nicht in die Schublade zurücklegen.

Also nahm ich sie mit.

AM NÄCHSTEN TAG RIEF ICH in der Schmerzabteilung an und sagte, ich sei krank. Irgendeine Grippe. Ich wolle das Team und die Patienten nicht anstecken.

Ich las Andrés Hefte noch einmal. Die, die er vollgeschrieben hatte, und die, die er mir diktiert hatte. Ich wusste nicht, was ich damit machen sollte. Ich wollte sie nicht vernichten. Behalten wollte ich sie auch nicht.

Schließlich steckte ich sie zwischen zwei Bücher auf einem meiner Regale.

In der Woche darauf kehrte ich in die Schmerzabteilung zurück.

Ich machte wieder meine Runden durch die Stationen, sah die niedergeschlagenen Patienten und die von ihrem Gefühl des Scheiterns versteinerten Pflegekräfte.

Ich wollte nicht mehr an André und an diesen Tag denken. Ich wollte nicht mehr an diese Fragen ohne Antworten denken, die ich hingekritzelt und dann weggeräumt hatte. Ich wollte es hinter mir lassen.

Einige Wochen lang glaubte ich, das sei möglich.

Ich war unruhig. Ich hatte keine Angst, dass bekannt würde, was ich getan hatte, dass man mir ein Berufsverbot erteilen oder mich ins Gefängnis stecken würde – ich wusste, dass Andrés Familie nichts in dieser Richtung unternehmen würde.

Mein Unbehagen hatte einen ganz anderen Grund. Ich fühlte mich mit einer Aufgabe betraut, die nicht meine war. Für wen waren diese Hefte, in die André geschrieben und in denen ich seine Geschichte zu Ende geschrieben hatte, bestimmt? Er hatte sie mir zu lesen gegeben, um mich dazu zu bewegen, ihm zu helfen, aber dazu waren sie nicht geschrieben worden.

Die Tage vergingen, ich tat meine Arbeit. Abends machte ich oft spät Schluss, ich ging müde heim, ließ meine Tasche fallen, sank auf dem Sofa zusammen, stellte den Fernseher an und döste vor Bildern, die mir nichts sagten. Mitten in der Nacht riss ich mich zusammen, schleppte mich zum Bett und schlief in voller Montur ein.

Morgens stand ich mühsam auf, duschte rasch, zog ein zerknittertes, aber sauberes Hemd aus dem Korb und ging wieder zur Arbeit.

Jetzt, wo ich darüber nachdenke, fällt mir auf, dass ich mir den Bart nach Andrés Tod habe wachsen lassen. Heute Morgen habe ich ihn abrasiert.

Eines Abends, als ich gerade nach Hause gehen wollte, klingelte das Telefon.

Ich war allein und dachte: So spät, es ist sicher dringend.

Die Stimme eines atemlosen Mannes. Er stellte sich nicht vor. Er fragte, ob ich sofort zu ihm kommen könne. Er brauche meine Hilfe. Noch bevor ich antworten konnte, fügte er hinzu: »Andrés Frau hat mir gesagt, wie ich Sie erreichen kann.«

ALS ICH EINTRAT, überraschte mich, dass er noch so jung war. Er war vermutlich fünfundvierzig, doch am Telefon hatte ich ihn für einen Greis gehalten. Er saß auf dem Bett im Hotelzimmer. An einem verchromten Ständer hing eine Flasche mit Kochsalzlösung, die tropfenweise in eine seiner Armvenen floss. Er trug eine Maske, die mit einer Sauerstoffflasche neben ihm auf der Bettdecke verbunden war. Die Blutgefäße in seinem Hals waren erweitert, seine Nasenflügel zitterten, die nackten Füße waren geschwollen. Er hatte große Mühe zu atmen.

Doch selbst so hatte er die Gestalt eines Sprinters.

Fünfzehn Jahre zuvor war er Andrés Schüler gewesen. Nachdem er sich an verschiedenen universitären Wettkämpfen beteiligt hatte, hatte er sich auf Kardiologie und Sportmedizin spezialisiert.

Eines Tages, er lief gerade eine Treppe hinauf, erlitt er einen Herzinfarkt.

Man brachte ihn ins nächstgelegene Krankenhaus, wo die Ärzte einen ausgedehnten Herzinfarkt feststellten, drei Viertel seines Herzens waren hinüber. Er konnte von einem Tag auf den anderen sterben.

Er kam sofort auf eine Transplantationsliste. Da er Arzt war, setzte man Himmel und Hölle in Bewegung, um möglichst schnell ein Herz für ihn aufzutreiben.

Einige Tage später hatten sie eins.

Doch am Tag vor der Transplantation verließ er ohne Ankündigung das Krankenhaus. Er kehrte nicht nach Hause zurück. Er hatte seiner Frau nichts davon gesagt. Er nahm ein Zimmer in einem Hotel, in dem ihn bestimmt niemand suchen würde. Er war schon drei Tage in diesem Hotel, als er beschloss, mich anzurufen.

Anfangs dachte ich, er wolle eine schmerzlindernde Behandlung von mir. Seit ich im Schmerz-Team arbeitete, hatte ich es mir angewöhnt, keine Fragen zu stellen: Zu viele Patienten litten darunter, pausenlos befragt zu werden – von den Ärzten, der Familie, den mehr oder minder willkommenen Besuchern.

Ich setzte mich neben ihn aufs Bett, legte ihm eine Hand auf den Arm und zeigte mit der anderen auf seinen beengten Brustkorb und die Ödeme in seinen Beinen.

»Was tut Ihnen am meisten weh?«

Er schluckte mühsam und sagte:

»Der Gedanke, nach Hause zu gehen.«

Ich wartete eine ganze Weile, doch er sagte nichts.

Dann zeigte er auf die Tasche, die ich auf den Tisch gestellt hatte, bevor ich mich zu ihm gesetzt hatte. Er fragte mich, was darin sei.

»Alles, was ich bei meinen Krankenbesuchen brauche.«

»Gegen die Schmerzen …«

Es war keine Frage. Er blickte zum Fenster.

»Also haben Sie alles Nötige.«

Ich sagte nichts.

»Ich weiß, dass ich viel von ihnen erbitte. Und ich gehöre nicht, wie André, zu Ihren Freunden. Aber ich habe Geld.« Er zeigte auf eine Sporttasche auf einem Sessel und bat mich, sie zu öffnen. Es lagen zwei dicke Bündel neuer Scheine darin. Ich schloss die Tasche wieder, ohne an die Scheine zu rühren.

Dieses Mal fragte ich nicht: »Warum ich?« Die Antwort erschien mir schmerzhaft klar. Aber ich hatte beschlossen, zu denen zu gehören, die Schmerzen lindern, meine Berufung war es nicht, ihnen ein Ende zu setzen.

Ich setzte mich wieder neben ihn und dachte lange nach.

»Lassen Sie mich erst etwas gegen Ihre Schmerzen tun. In Ordnung?«

Es ging ihm zu schlecht, als dass er hätte ablehnen können.

Ich brachte eine Pumpe an, um ihm Diuretika zu verabreichen und sein Lungenödem zu verringern. Nach einer halben Stunde begann er all die Liter Wasser zu pinkeln, die ihn erstickten, es ging ihm schon besser. Ich ging unablässig zwischen seinem Bett und dem Bad hin und her, um den Behälter zu entleeren, in den er urinierte.

Er ertrank nicht mehr. Er konnte freier atmen, sein Herzschlag hatte sich verlangsamt.

Als er sich besser fühlte, setzte ich mich wieder zu ihm.

»Ich brauche ein wenig Zeit … Zum Nachdenken über das, was Sie von mir erbeten haben.«

Ich lächelte, aber es war nicht lustig.

»Wie viel Zeit?«

»Nur eine Nacht.«

Ich bot ihm an, bei ihm zu bleiben oder jemanden anzurufen, damit er nachts nicht allein wäre, doch er lehnte ab. Er hatte Angst, von seiner Familie entdeckt zu werden. Ich fragte ihn nicht, warum er sich versteckte. Ich fragte ihn nicht, warum er die Transplantation verweigert hatte.

Ich versprach ihm, am Abend des nächsten Tages, nach dem Dienst im Krankenhaus, wiederzukommen. Bis dahin könne er mich jederzeit anrufen.

Als ich gerade gehen wollte, sagte er mir, ihn beunruhige der Gedanke, ich käme nicht wieder. Ich beruhigte ihn und sagte, er werde mich auf jeden Fall wiedersehen, was auch immer geschehe.

Als ich ihn verließ, hoffte ich, er würde seinen Entschluss noch einmal ändern. Aber im Grunde wusste ich, dass er dabei bleiben würde. Als er mir sagte, was er sich von mir wünschte, hatte ich in seinen Augen gelesen, dass er weder vor der Transplantation noch vor dem Krankenhaus floh. Er floh vor seinem Leben. Und er hatte keinen anderen Ausweg.

*

Beim Verlassen des Hotels dachte ich daran, seine Familie zu verständigen. Ich fragte mich, ob er ganz bei Verstand sei, ob seine Weigerung, ein neues Herz zu bekommen, nicht ein Symptom für eine Störung sei. Ich ging nach Hause, wo ich lange an meinem Schreibtisch saß und immer wieder alles durchging, was ich gesehen und was er mir gesagt hatte.

Sein Entschluss hatte mich erschüttert, doch nichts an seinem Verhalten ließ darauf schließen, dass er die Orientierung verloren hatte oder durcheinander war.

Dennoch war ich mir nicht sicher.

Ich hatte keine Angst vor den Folgen und war bereit, das Risiko auf mich zu nehmen. Aber ich dachte an seine Familie. In welcher Angst lebte sie gerade? Welches Leid würde sein Tod auslösen?

Weiter ging ich nicht. Nicht seine Familie hatte sich an mich gewandt, sondern er. Ich konnte mich nicht um alle kümmern. Ich war nicht ihr Schiedsrichter. Und ich war nicht sein Richter.

Ich musste lediglich entscheiden, ob ich bereit war, ihm zu helfen, oder nicht.

*

Zur vereinbarten Zeit ging ich zu ihm. Er lächelte, als er meine Tasche sah. Dann erlosch sein Lächeln, vielleicht bei dem Gedanken, dass es nichts zu bedeuten hatte – ich kam ja aus dem Krankenhaus.

Ich zog meinen Mantel aus, stellte die Tasche neben das Bett und setzte mich zu ihm.

»Einverstanden. Aber ich will Ihr Geld nicht.«

Er nahm meine Hände.

»Aber Sie können das doch nicht umsonst machen. Was kann ich Ihnen geben … für Ihre Mühe?«

Der Ausdruck überraschte mich. Ich zögerte.

»Ich helfe Ihnen aus freien Stücken. Sie schulden mir nichts.«

Er dachte lange nach.

»Wie … wollen wir vorgehen?«

Ich erklärte ihm, wie die Medikamente wirkten und wie die Pumpe funktionierte.

»Ich möchte, dass Sie bei mir bleiben, bis es vorüber ist.«

»Natürlich. Das verstehe ich.«

»Ich habe keine Angst, allein zu sein. Aber ich möchte Ihnen sagen, warum ich gehe. Jemand muss es wissen.«

*

Als alles vorüber war, nahm ich Pumpe und Infusion ab, zog ihm den verschmutzten Schlafanzug aus und, nachdem ich ihn gewaschen hatte, die sauberen Kleidungsstücke aus seiner Tasche an. Ich steckte den Schlafanzug in eine Mülltüte, die Geldbündel in eine andere und packte alles in die Sporttasche.

Das war nicht sonderlich vernünftig von mir, aber ich trug Handschuhe. Ich wollte nicht das Risiko eingehen, dass das Geld gestohlen würde, bevor ihn die Polizei fand. Die Polizei würde leicht feststellen können, dass er das Geld selbst abgehoben hatte.

Ich kehrte nach Hause zurück und schrieb nachts alles auf, was er mir erzählt hatte, ich lese es Ihnen vor … Entschuldigen Sie, ich suche gerade nach seinem Heft, aber sie sehen alle gleich aus … Da ist es ja.

Ich war ein geachteter Arzt, ich kam mühelos voran im Leben, ich hatte alles, was ich mir gewünscht hatte. Eine Karriere, Geld, das Leben noch vor mir. Eine schöne und intelligente Frau, die mich liebte. Gesunde Kinder. Das reinste Märchen.

Als ich zum Oberarzt ernannt wurde, sah die Industrie in mir ein hervorragendes Sprachrohr. Bald wurde ich zu einem gefragten Redner. Mir wurden beträchtliche Summen dafür geboten, dass ich einen Artikel unterschrieb oder bei einem Kolloquium eine Präsentation vortrug, wobei beides von einer Marketing-Abteilung ausgearbeitet worden war. Ich konnte nichts Nachteiliges daran sehen: Meistens war ich mit dem, was ich vorlas, einverstanden. Ich dachte, alle Ärzte würden, wie ich, gegenüber zweifelhaften Äußerungen ihr freies Urteilsvermögen und ihren kritischen Geist behalten.

Bald verdiente ich weit mehr Geld mit dem Vortragen von Texten aus fremder Feder als mit dem Heilen von Kranken.

Wenn ich an all die in meiner Abteilung behandelten Patienten dachte, erschienen mir die Honorare, die man mir gab, absolut gerechtfertigt. Jeder braucht einen Arzt. Es ist nur normal, dass er entsprechend dem Wohl, das er anderen tut, belohnt wird.

Und dann, eines Morgens, machte ich mich wie so oft auf den Weg zu einem Vortrag. Ich hatte nicht vor, zu dem sehr offiziellen Mittagessen zu gehen, das eine Firma für ihren Chef gab. Doch die Organisatoren des Kongresses bestanden auf meiner An-

wesenheit. Und wenn ich bereit sei, ein paar Worte zu sagen und mein Glas auf das Wohl des Geehrten zu erheben, werde das großen *Anklang finden.*

Ich sah darin eine weitere Gelegenheit, meinen Kindern Ferien zu bieten, meiner Frau Schmuck zu schenken und mir selbst Golfschläger zu kaufen. Ich nahm an.

Ich ging in die Boutique des Hotels, in dem der Kongress stattfand.

Es war dieses Hotel.

Ich brauchte eine Krawatte.

Ich nahm eine, ohne recht hinzusehen.

Ich wollte bezahlen, doch die Verkäuferin war mit einem anderen Kunden beschäftigt.

Eine Frau probierte einen Modeschmuck-Ring nach dem anderen.

Sie sah, dass ich ungeduldig auf die Verkäuferin wartete. Unsere Blicke begegneten sich. Sie zeigte auf die Krawatte, schloss die Augen und schüttelte verneinend den Kopf.

»Pardon?«

»Sie ist scheußlich.«

Was ging das sie an?

»Das ist mir wurscht, sie ist nur für heute.«

»Die werden Sie nicht tragen!«

Ihre Unverfrorenheit ärgerte mich.

»Ach, und warum nicht?«

»Vielleicht begegnen Sie der Frau Ihres Lebens. Es wäre doch schade, die erste Begegnung zu verderben.«

Mir blieb die Spucke weg. Noch nie hatte eine Frau so mit mir gesprochen, mit einer solchen Selbstsicherheit. Mit einem so frechen Lächeln.

Ich hängte die Krawatte wieder hin.

Sie zeigte auf das Logo des Kongresses.

»Sind Sie deshalb hier?«

»Ja. Sie auch?«

»Nein, ich bin nur hier, um einem Kongressteilnehmer ein Dokument zu geben.«

An ihrer Handtasche hing das Abzeichen einer karitativen Organisation. Und ein Schlüsselanhänger mit einem Vornamen darauf: Rachel.

Rachel war nicht ihr wirklicher Name. Ich habe alle Namen geändert.

... Und ein Schlüsselanhänger mit einem Vornamen darauf: Rachel.

»Ach so. Bei den Reden sind Sie also nicht mehr da? Schade ...«

»Wieso? Hätte ich lieber kommen sollen, um mir Ihre Fünftausend-Dollar-pro-Minute-Lügen anzuhören?«

Der Ton war immer noch so frech, aber ihr Lächeln hatte sich geändert. Jetzt biss sie sich zart auf die Lippe.

Ich wurde rot und sagte nichts, ich grüßte unbeholfen und verließ den Laden.

Als ich eine halbe Stunde später aufs Podium trat, saß Rachel mitten im Saal. Während meiner Präsentation ließ sie mich nicht aus den Augen. Unablässig schüttelte sie verneinend den Kopf und wiederholte mehrmals stumm zwei Wörter. Als ich endlich begriff, dass sie »Du lügst« sagte, verstummte ich.

Ich schaute mich aufmerksam im Saal um.

Alle sahen mich überrascht an.

Ich sah Rachel an. Sie legte den Kopf schief, als wollte sie sagen: »Mach weiter.«

Es fiel mir sehr schwer, den Vortrag zu Ende zu bringen. Sie sagte nichts mehr, aber sie sah mich die ganze Zeit an.

Ich versuchte, in ihrem Blick zu lesen, doch ich konnte nichts anderes darin entdecken als eine Mischung aus Traurigkeit und Zorn.

Als man den Zuhörern Gelegenheit zu Fragen gab, stand sie auf und ging zum Ausgang. Ohne sich noch einmal umzuwenden, ging sie durch die Tür. Als man mich freiließ, stürzte ich aus dem Saal. Sie stand wartend in der Halle, die Handtasche über der Schulter, wie eine Jugendliche, die vor der Schule auf einen Jungen wartet. Wortlos verließen wir das Hotel.

An dem Essen nahm ich nicht teil. Den restlichen Tag und auch den Abend bis spät in die Nacht verbrachte ich mit ihr.

Von dem Tag an, als ich ihr begegnet war, nahm mein Leben eine andere Farbe an. Das Essen hatte seinen Geschmack verloren. Die Kleidung wurde unbequem. Meine Arbeit belastete mich. Meine Familie noch mehr.

Nach und nach wurde mir klar, dass ich nicht glücklich war.

Alles erschien mir leer, unwichtig und sinnlos.

Rachel hatte nicht einmal ein Hundertstel dessen, was ich hatte. Ich wollte ihr Geschenke machen, doch sie wollte sie nicht. Sie wollte nur mich, und alles, was ich hatte, war ihr ein Horror. Das Geld, das ich verdiente, sei gestohlenes Geld, sagte sie, schmutziges Geld. Und ich trüge dazu bei, es zu waschen.

Anfangs verteidigte ich mich vehement. Wie konnte sie über mich richten? Wie konnte sie mir vorwerfen, dass ich für meine Familie tat, was ich konnte? Wie konnte sie mir vorwerfen, Menschen zu heilen und Leben zu retten?

Ich verließ sie. Sie hielt mich nicht zurück.

Doch bald litt ich, sie fehlte mir, ich rief sie an, und sie sagte: »Komm.« Manchmal ging ich sogar zu ihr, ohne vorher anzurufen, und jedes Mal öffnete sie mir ihre Tür und ihre Arme.

Ich verstand nicht, dass sie mich wollte und dennoch zurückwies, fast gleichzeitig.

Ich sagte ihr, sie sei verrückt.

Sie riet mir, in den Spiegel zu schauen.

Ich tat es und schämte mich. Ich fing an, die finanzierten Artikel, viele Einladungen und zahlreiche Kongressteilnahmen abzulehnen. Ich sagte, ich führe hin, doch in Wirklichkeit traf ich mich mit ihr. Mir wurde klar, wie abhängig ich geworden war. Das Geld, das in Strömen floss, wenn ich mein Image und meinen Einfluss verkaufte, wurde von meiner Familie mit vollen Händen ausgegeben. Doch der Strom versiegte. Alle fragten sich, was mit mir los war. Ich fing an, doppelt so viel zu arbeiten. Ich fing an zu rauchen. Stark. Es gelang mir weder, so viel Geld zu verdienen wie vorher, noch, meine Schuldgefühle zu beschwichtigen.

Rachel sah, dass ich litt, aber sie sagte nichts. Sie wollte, dass ich die Antwort selbst fand. Eines Tages sagte sie mir, sie brauche Luft zum Atmen, ich solle sie nicht mehr anrufen, sie nicht mehr besuchen. Sie würde mir ein Zeichen geben, wenn es ihr besser gehe.

Ich glaubte, ich würde sie nie wiedersehen. Nach zwei Tagen rief sie mich an, sie hielt es nicht mehr aus. Sie brauchte mich ebenso sehr, wie ich sie brauchte. Doch immer wieder schloss sie mich für eine Zeit lang aus ihrem Leben aus. Und im Laufe der Monate dauerte es jedes Mal ein bisschen länger, wenn sie Luftveränderung brauchte.

Das letzte Mal dauerte es einen Monat.

Rings um mich bekam alles Risse. Ich konnte meiner Familie nicht erklären, warum ich mich anders verhielt. Warum die Bankkonten langsam auszutrocknen drohten. Warum ich mich inzwischen weigerte, die Umwelt mit drei Wagen zu verpesten, Sklaven auszubeuten, unbedacht große Summen für Kleidung und Wein auszugeben.

Eines Tages schlug mir der Vertreter eines Pharmaunternehmens vor, einen Kongress auf einem Kreuzfahrtschiff zu leiten. Ich sollte sechs Tage lang, unterbrochen von Massagebehandlungen mit Sonderleistungen und Sonnenbädern am Pool, das Gehirn von mehreren Hundert Kardiologen aus aller Welt waschen und ihnen überdies einreden, ein neu entwickeltes Medikament würde, wenn man es allen Männern über vierzig verschriebe, diese zu Hundertjährigen machen.

Ich wusste nicht, was ich zu dem Angebot sagen sollte.

Ich entschuldigte mich, ging auf den Gang hinaus und rief Rachel an. Ich geriet an ihren Anrufbeantworter. Ich wartete das Ende der Ansage ab, aber als ich eine Nachricht hinterlassen konnte, sagte ich nichts. Sie hatte immer darauf bestanden, dass ich sie nicht anrief, wenn sie mir die kalte Schulter zeigte. Ich hatte gegen die Regel verstoßen.

Ich kehrte in mein Büro zurück.

»Ich muss mit meiner Frau klären, ob ich zu diesen Terminen frei bin. An welches Honorar hatten Sie gedacht …«

»Wir hofften, Sie würden die Höhe selbst festsetzen.«

Ich schrieb eine ungeheure Summe auf einen Zettel.

Er zuckte nicht mit der Wimper.

»Ich rufe Sie morgen an, um die Termine zu bestätigen. Ich hoffe, Sie sind dabei.«

Die ganze Nacht wartete ich auf ein Zeichen von Rachel. Am nächsten Tag rief in aller Frühe der Vertreter des Pharmaherstellers an. Ich bestätigte meine Teilnahme.

Eine Stunde später kam ein Sechzigjähriger auf meine Station, der gerade einen Hirnschlag erlitten hatte. Er war im Koma und hatte wenig Chancen, wieder aufzuwachen. Während ich ihn untersuchte, stand seine Frau abseits, stumm, mit verkrampftem Gesicht, den Blick voller Vorwürfe. Als ich ihr sagte, sie dürfe näher kommen, blieb sie, wo sie war.

Ich ging hinaus.

Als ich in die Nähe des Schwesternzimmers kam, hörte ich eine Frau, die den Namen des Patienten nannte. Sie wirkte wie gelähmt vor Angst. Ich stellte mich vor und fragte sie, ob sie zur Familie gehöre.

»Ich bin seine Schwägerin.«

Ich führte sie zu seinem Zimmer, doch sie blieb auf der Schwelle stehen.

Sie murmelte etwas, das ich hörte, aber nicht verstand.

Sie wandte sich ab, dankte mir und verließ die Station, Tränen in den Augen. Durch die weit offene Tür sah ich, dass die Ehefrau immer noch reglos in zwei Metern Entfernung von ihrem an ein Beatmungsgerät angeschlossenen Mann stand.

Und plötzlich verstand ich, was die weinende Frau gesagt hatte.

»Das ist nicht mehr er.«

Ich brachte die Krankenakte weg und gab den Krankenschwestern meine Anweisungen. Von meinem Büro aus rief ich mei-

nen Assistenten an und bat ihn, mich abzulösen, ich müsse weg.

Ich hatte beschlossen, nach Hause zu fahren, die Koffer zu packen und ein für alle Mal zu Rachel zu gehen. Als ich nach meiner Jacke griff, fielen meine Autoschlüssel heraus. Ich hob sie auf und legte sie auf den Schreibtisch. Als ich, leichten Herzens, das Krankenhaus verließ, sah ich von Weitem einen Zug der Hochbahn ankommen. Ich lief über die Straße, sprang über das Drehkreuz am Eingang und rannte dann die Rolltreppe hinauf.

Oben angekommen, spürte ich, wie meine Brust explodierte.

*

Da mich mein Infarkt in unmittelbarer Nähe des Krankenhauses erwischt hatte, kam ich auf meine eigene Station. Meine Assistenten und meine Krankenschwestern versuchten mir die Schwere meines Falls zu verhehlen, doch ich hatte den Bildschirm vor der Nase, ich wusste, wie es stand.

Meine Familie war von der Station benachrichtigt worden, sie war binnen einer Stunde da. In einem der wenigen Momente, in denen weder meine Frau noch eins meiner Kinder im Raum waren, versuchte ich Rachel zu erreichen. Ich geriet an ihren Anrufbeantworter.

Ich sprach sehr schnell, weil ich Angst hatte, ertappt zu werden. Ich sagte ihr, sie solle sich keine Sorgen machen, im Augenblick stäke ich im Krankenhaus fest, aber es gehe, ich sei noch am Leben und werde davonkommen, ich würde sie so gern sehen, sie fehle mir. Ich sagte ihr nicht, dass es passiert war, als ich zu ihr wollte, sie sollte sich nicht schuldig fühlen, aber ich sagte ihr, so-

bald ich wieder auf den Beinen sei, würde ich mit ihr zusammenleben, ich hätte genug davon, mich immer zweizuteilen.

Die weinende Frau hatte mir die Augen für das geöffnet, was mir Rachel seit zwei Jahren immer wieder sagte, und ich würde sie nicht wieder verschließen.

Dann kam mein Assistent mit meiner Frau, um mir zu sagen, was ich schon wusste: dass mein Herz völlig hinüber war, dass ich ein neues brauchte.

Mein Assistent beruhigte mich: Man würde mich ganz oben auf die Liste setzen.

Ich wusste, das war nicht gerecht, das war schon wieder ein unsinniges, unerträgliches Privileg, aber auch die einzige Lösung. Meine einzige Chance, aus diesem Leben heraus- und zu der Frau zu kommen, die ich liebte.

Drei Tage vergingen. Rachel kam nicht. Sie rief nicht an. Sie hinterließ keine Nachricht für mich.

Ich hatte alles verdorben. Als ich endlich begriffen hatte, was sie mir hatte sagen wollen, war es schon zu spät. Sie war es leid gewesen, darauf zu warten, dass ich endlich verstand. Ich hörte ihre Stimme, die mir sagte: »Dein Herz hat dir die Entscheidung abgenommen.«

Der Himmel fiel mir auf den Kopf. Plötzlich fühlte ich mich ernüchtert. Unter Umständen musste ich Wochen, ja Monate auf ein geeignetes Herz warten. Und konnte zehn Mal sterben, bevor es gefunden wurde. Ich kannte meine Kollegen. Sie würden mich nicht einfach so gehen lassen. Sie konnten mich an den Prototyp eines künstlichen Herzens anschließen, und dann hinge ich Monate, vielleicht sogar Jahre an einer Maschine. Mehrmals war ich versucht, die Infusionen herauszureißen oder eine Am-

pulle Kalium zu stehlen, um ein Ende zu machen. Aber ich wollte Rachel wiedersehen.

Einige Tage darauf kam strahlend mein Assistent ins Zimmer und sagte mir, sie hätten ein Herz. Ein von einem Auto überfahrener Fußgänger. Keine Familie, der Name stehe im Spenderregister, und da das ganze Krankenhaus über meine Lage im Bilde sei, habe er erfahren, dass das Herz zur Verfügung stehe und das Immunprofil zu meinem passe.

Er schien eher stolz auf sich als meinetwegen erleichtert.

Väterlich legte er mir die Hand auf die Schulter.

»Ich habe alles in die Wege geleitet, damit Sie es bekommen.«

Er hatte die Leitung der Station bereits übernommen. Er fühlte sich bereits als Hüter meines Lebens.

Ich lächelte.

Er hielt dieses Lächeln für ein Zeichen der Dankbarkeit.

Aber das war es nicht – ich war erleichtert. Ich dachte: Mit einem neuen Herzen kann ich mich auf die Suche nach ihr machen.

Ich dankte ihm herzlich.

Er nickte.

»Das ist nur natürlich.«

In seiner Stimme lag Herablassung.

»Ich wurde gefragt, ob ich Sie auf der Kreuzfahrt vertreten kann. Ich hoffe, es macht Ihnen nichts aus …«

Dass er sich so viel Mühe gab, seine Aufregung zu verbergen, ließ mich noch mehr lächeln.

»Diese Kreuzfahrt stand nicht in meinem Horoskop. Und außerdem … bin ich sicher, dass Sie das sehr gut machen werden.«

Er hörte die Ironie nicht heraus, er hielt es für ein Kompliment.

Er tätschelte mir noch einmal die Schulter.

»Ich glaube nicht an Horoskope, aber Sie haben unglaubliches Glück. Sie bekommen morgens einen Herzinfarkt, als Sie zur Metro gehen, und dann kommt diese Frau aus derselben Metrostation, um jemanden im Krankenhaus zu besuchen, und passt nicht auf, als sie über die Straße geht.«

»Welche Frau?«

»Die, die überfahren wurde. Die Ihnen ihr Herz schenkt.«

VOILÀ. Ich habe Ihnen diese Geschichte vorgelesen, weil ich Lust hatte, seiner Stimme wiederzubegegnen.

Ich hoffe, es ist mir gelungen, sie auch für Sie hörbar zu machen.

Es ist ein bisschen dunkel, finde ich. Sollen wir uns auf die Veranda setzen? Am späten Nachmittag ist das Licht so schön. Ich kann dann auch mehr sehen beim Lesen. Es macht Ihnen doch nichts aus?

Möchten Sie noch eine Tasse Kaffee? Ich mache mir auf jeden Fall noch eine.

Ich habe immer viel Kaffee getrunken.

Es hat mich nie am Schlafen gehindert.

Natürlich schlafe ich in meinem Alter nicht mehr viel, doch ich brauchte mich mein Leben lang nur hinzulegen, um binnen einer Sekunde einzuschlafen.

Es wunderte Nora immer, dass ich mich so hinlegen und einschlafen konnte, nachdem ich Stunden damit zugebracht hatte, jemandem zu helfen. Sie sagte, es bereite ihr Unbehagen. Es hätte mich stärker mitnehmen müssen.

Es nahm mich mit, während ich bei ihnen war. Danach wollte ich nur noch eins: schnell hierher zurückkehren, um aufzuschreiben, was sie mir gesagt hatten.

Ich schrieb es nicht in ihrem Beisein auf. Nur bei André. Die anderen … erfuhren nicht, dass ich ihre Worte niederschrieb.

Ich habe nicht beschlossen, es zu tun, es kam ganz von allein. An dem Tag, als ich den Mann mit dem gebrochenen Herzen begleitete.

Er hatte mich um nichts gebeten.

Aber ich brachte es nicht fertig, seine Geschichte anzuhören, ohne etwas zu tun.

Ich weiß nicht, ob Sie das verstehen.

Ich glaube, sie hatte es verstanden.

Wissen werde ich es nie.

Setzen wir uns hierhin, wenn es Ihnen recht ist.

Ich habe mich schon lange nicht mehr hierher gesetzt, um zu reden.

Nicht mehr, seit Nora fortgegangen ist. Zum zweiten Mal.

Ich habe Ihnen noch gar nicht vom ersten Mal erzählt.

Ich werde Ihnen nicht alles erzählen können, dafür bräuchte ich ein ganzes Leben. Nun ja, lange. Und es ist nicht nötig, es steht alles in den Heften.

Ich weiß nicht, wie viel Zeit ich damit verbracht habe, Geschichten aufzuschreiben. Mehr, als ich damit verbracht habe, zu helfen, denke ich.

Natürlich ist das heute nicht mehr wichtig, trotzdem möchte ich es Ihnen unbedingt gesagt haben: Denjenigen zu helfen, die gehen wollten, war nicht meine Berufung. Seit sich die Gesetze geändert haben, wurde mir oft vorgeschlagen zu erzählen, woher ich den Mut genommen habe, dieses Risiko so viele Jahre lang einzugehen. Man schlug mir vor, Vorträge zu halten und über mein Engagement zu sprechen.

Ich habe es immer abgelehnt. Es wäre unsinnig gewesen. Ich hatte mich nicht engagiert. Ich habe nie aus Überzeugung gehandelt. Nicht ich habe mich dazu entschieden, diesen Männern zu helfen.

Sie haben sich für mich entschieden.

Ich sage »diesen Männern«, weil es nur Männer waren. Das heißt, nicht ganz, aber fast. Sehr wenige Frauen.

Wissen Sie, ich habe das Gefühl, dass Frauen immer einen guten Grund haben durchzuhalten, nicht loszulassen. Während Männer loslassen, wenn sie keinen Sinn mehr sehen.

Wenn sie aushalten, dann weil man sie zurückhält. Weil eine Frau sie zurückhält. Oder das Bild, das sie dieser Frau gern von sich geben möchten.

Aber wenn sie das Gefühl haben, nur noch ein Sack alter Knochen, gebrochener Äste oder trockener Wurzeln zu sein, möchten sie nicht ohne eine letzte tapfere Tat kapitulieren.

Das letzte Zeichen, dass sie ihr Leben noch bestimmen.

So empfinde ich es jedenfalls immer, wenn ich diese Hefte wiederlese.

Ich habe sie alle wiedergelesen. Manche mehrmals. Ich hatte eine Geschichte vollständig aufgeschrieben, ich war müde, ich legte mich hin, ich schlief ein. Einige Stunden später oder ganz früh am Morgen wachte ich auf und hatte

Lust, sie wiederzulesen, oder eine andere noch einmal zu lesen, die mir in meinem Träumen erschienen war.

Aber da ich diese Hefte nie archiviert habe, brauchte ich manchmal mehrere Stunden, um das Heft zu finden, das ich suchte.

Und beim Wiederlesen wurde mir klar, dass ich in all diesen Jahren praktisch nur Männern geholfen habe. Es gab auch Frauen, die mich gerufen haben, aber sehr oft ging es nicht über das erste Treffen hinaus.

Ich glaubte, André würde der Einzige sein.

Und dann hat mich der Mann mit dem gebrochenen Herzen gerufen.

Nach ihm dachte ich, es sei Schluss damit.

Ich irrte mich.

Es gab noch andere. Und dann noch mehr.

Ich habe mich oft gefragt, wie sie sich verständigt hatten.

Andrés Frau hatte dem Mann mit dem gebrochenen Herzen davon erzählt, weil sie ihn gut kannte – er war Schüler ihres Mannes gewesen. Ganz sicher mochte sie ihn. Und er musste großes Vertrauen zu ihr gehabt haben, denn er rief sie vom Hotel aus an, während er sich vor seiner Familie versteckte. Ich weiß nicht, ob er ihr seine Geschichte erzählt hat. Ich weiß nicht, ob er ihr von Rachel erzählt hat. Wahrscheinlich beschloss sie, ihm meinen Namen zu nennen, als sie hörte, wie er litt.

Das verstehe ich.

Es schockiert mich nicht, im Gegenteil.

Aber das erklärt nicht, warum ich anschließend noch von anderen gerufen wurde.

Es lief immer gleich ab. Spätabends oder sehr früh morgens rief mich eine Stimme auf dem Handy an. Sie bat um ein Gespräch unter vier Augen. Und sagte die rituelle Formel:

»In Erinnerung an André.«

Ich fuhr zur angegebenen Adresse und traf dort auf einen Mann, der manchmal allein, manchmal auch mit einem anderen, gleichaltrigen oder jüngeren, Menschen zusammen war. Wir stellten uns nicht vor. Sie kannten meinen Namen und nannten mir ihren Vornamen. Wenn der Kranke zu sehr litt, gab der andere die Erklärungen ab. Ich unterbrach ihn immer sehr bald.

»Ich kümmere mich erst einmal um den Schmerz.«

Wenn der gelindert war, konnten sie ihren Wunsch äußern.

Bei manchen beschränkte sich die Begegnung darauf: Sie wollten keine Schmerzen mehr haben, und wenn sie keine mehr hatten, fingen sie wieder an zu lächeln, Besucher zu empfangen, mit ihren Enkeln oder alten Freunden Karten oder Schach zu spielen. Zu lesen. Sie setzten sich wieder in Bezug zu den anderen, zum Leben. Mehr wollten sie gar nicht. Sie staunten darüber, dass ihnen vor mir niemand hatte helfen können. Ob ich etwa über besondere Medikamente oder … *Kräfte* verfüge?

Zu dem, was ich in meiner Tasche hatte, hatte jeder Arzt Zugang. Aber viele hatten Angst. Wovor? Ich weiß es nicht. Vor zu viel Macht? Davor, über ihr Ziel hinauszuschießen? Was für ein Witz. Welche Illusion. Oder Eitelkeit.

Der Schmerz stürzt einen in einen Teufelskreis. Morphin leitet eine Kreisbewegung in die Gegenrichtung ein. Sobald ein Mensch weniger leidet, hat er weniger Angst. Und weil er weniger Angst hat, leidet er weniger.

Ich hatte nie Angst, *zu viel* Erleichterung zu verschaffen. Wenn der Schmerz unerträglich ist, braucht ihn niemand zu ertragen.

Ich erklärte, wie man das so erreichte Wohlbefinden aufrechterhalten konnte. Ich sah den Augenblick voraus, in dem der Schmerz wiederauftauchen würde, ich ließ die nötigen Substanzen und Verschreibungen da, ich erläuterte, wie sie auf den betreffenden Fall anzuwenden waren. Meistens wurde ich nicht noch einmal gerufen.

Wenn man keine Schmerzen mehr hat, kann man weiterleben.

Manche hatten keine Schmerzen, aber sie litten sehr. Es ging nicht mehr um körperliche oder seelische Schmerzen. Es war ein Zustand, den weder Schmerzmittel noch Antidepressiva zu erleichtern vermochten.

Was sie bis dahin aufrechterhalten hatte – ein Plan, eine Hoffnung, ein Datum, das sie noch erleben wollten –, war gegenstandslos geworden. Sie hatten das Gefühl, dass sie nichts mehr etwas anging, doch es tat ihnen weh, ihre Frau und ihre Kinder zu hören, die ihnen große Reden hielten, um sie aufzumuntern, die weinten, um ihr Mitgefühl zu wecken, die schrien, um sie aufzurütteln. Sie waren nicht gleichgültig, sie waren erschöpft.

Das waren die, die mich baten wiederzukommen.

ICH BESUCHTE SIE EIN MAL, zwei Mal, drei Mal, wir nahmen uns viel Zeit. Wir hatten keine Eile, nie.

Die Umgebung wurde mit mir vertraut. Ich war der Schmerzarzt. Niemand wunderte sich, niemand machte sich wegen meiner Anwesenheit Gedanken.

Wenn sie keine Schmerzen mehr hatten, oder doch viel weniger, dann hatten sie immer Fragen.

Sie fragten: »Verstehen Sie mich? Bin ich egoistisch? Wäre es schlimm, das meiner Lebensgefährtin, meinen Eltern, meinen Kindern anzutun? Habe ich unrecht, wenn ich will, dass es aufhört? Bin ich feige? Würden Sie nicht an meiner Stelle dasselbe tun?«

Und ich hörte: »Verurteilen Sie mich?«

Diese Frage hatte schon lange keinen Sinn mehr: In meinen Augen hebt das Leid jedes Urteil auf.

Aber sie erwarteten ohnehin keine Antwort. Sie erwarteten nicht von mir, dass ich sie tröstete oder beruhigte.

Sie wollten auf mich zählen können.

Eines Tages sagten sie: »Übermorgen.« Oder: »Am Wochenende.«

Einige Tage zuvor hatten sie noch mit nahen Freunden, mit Menschen, die ihnen wichtig waren, mit der Frau, die sie einst geliebt hatten, angestoßen. Und dabei gedacht: »Jetzt ist der richtige Moment.«

Zu der von ihnen gewählten Zeit kam ich zu ihnen. Ich dachte, alles sei gesagt.

Ich irrte mich.

IM LAUF DER JAHRE wurde meine Tasche immer leichter.

Ich räumte die Pumpen und Infusionen aus.

Ich nahm nur noch einfache, alltäglich eingesetzte Substanzen mit.

Ich hatte mich lange Zeit mit den offiziellen Wirkungen von Schmerzmitteln befasst. Inzwischen kannte ich auch die nicht öffentlich bekannt gemachten Wirkungen harmloser Mittel in immer kleineren Dosen.

Wenn ich an das Bett eines lebensmüden Menschen kam, hatte ich nur das absolut Notwendige dabei.

Ich konnte ohne große Mühe und unerwünschte Nebenwirkungen seine Angst zerstreuen, ihn sanft einschlafen und sein Gehirn in einem Meer von Endorphinen treiben lassen, bevor sein Herz zu schlagen aufhörte.

Und vor allem lernte ich in dem Maße, in dem ich zuhören lernte, erkennen, ob ein Mensch bereit war.

Ich glaube nicht an das Übernatürliche. Ich glaube, dieses Leben ist alles, was ist, und sonst gibt es nichts. Wenn die Gedanken aufhören, hört alles mit ihnen auf.

Doch obwohl ich nicht an Magie oder unerklärliche Phänomene glaube, erlebte ich Erstaunliches.

Ich hatte in jener Zeit, als man die Kranken am Leben hielt und zugleich zuließ, dass ihre Krankheit sie aufzehrte, erlebt, dass viele aufhören zu reagieren, zu sprechen, sich um was auch immer zu kümmern; sie verlieren ihre Konturen, sie magern ab; ihr Körper wird langsamer, und man ist darauf gefasst, dass er von einem Tag auf den anderen ganz aufhört, sich zu bewegen. Und dann, mit einem Mal, leben sie wieder auf. Eines Morgens setzen sie sich in ihrem Bett auf, sie fühlen sich besser, sie haben Hunger, sie möchten mit ihren Angehörigen sprechen, sie scherzen mit dem Pflegepersonal. Man traut seinen Augen kaum, man hat das Gefühl, ein Wunder sei geschehen.

Natürlich ist es nichts dergleichen: Manchmal flammt mitten in den verkohlten Überresten eines Feuers ein von der Asche geschütztes Ästchen auf, als würde das Feuer wieder zu brennen beginnen.

Doch es hält nicht an, genauso wenig wie bei den Menschen: ein paar Stunden, höchstens einen Tag lang. Und wenn dieser Tag zu Ende geht, legen sie sich wieder hin, mit einem zufriedenen Lächeln auf den Lippen, und versinken wieder, jetzt endgültig.

Können wir hoffen, dass sie in ihrem halb bewussten Zustand diese Stunden nahen fühlten und sie ergriffen haben, um das Leben ein letztes Mal zu genießen? Oder ist es nur ein Trugbild, ein zusätzlicher winziger Trost, ein letzter?

Ich weiß es nicht, es ist auch nicht wichtig. Doch daran erinnerte ich mich, und so sah ich damals und sehe ich heute die Stunden an, die die Menschen, die zu große Schmerzen litten, mit mir verbringen wollten.

Manchmal fragte ich sie, ob sie nicht lieber mit jemand anderem gesprochen hätten. Sie antworteten immer mit Nein, und das hätte ich mir denken können: André hatte sich für mich entschieden, weil ich, wenn schon kein völlig Fremder, so doch lange Zeit sehr von ihm entfernt gewesen war. Weder er noch der Mann mit dem gebrochenen Herzen, noch die Männer danach wollten sich einem Nahestehenden anvertrauen.

Die Männer, die mich *in Erinnerung an André* riefen, wussten bereits fast alles über mich. Jemand, ich weiß nicht wer und auch nicht wie, hatte ihnen erklärt, wer ich war und was sie von mir erwarten konnten. Sie wussten, dass ich für sie da sein würde, dass ich die Zeit dazu finden würde, dass sie sich Zeit lassen konnten, dass die Entscheidung, was immer geschähe, bei ihnen läge.

Dass ich sie nicht verurteilen würde.

Dass sie mit mir reden konnten, dass ihr Geheimnis bei mir sicher sein würde.

Und wenn sie mich riefen, waren sie meistens bereit.

Viele empfingen mich bei sich und schliefen dann, nachdem sie mich gebeten hatten wiederzukommen, ruhig ein, ohne auf mich zu warten.

Und wenn ich an ihrer Tür klingelte, dankten mir die Verwandten, die Familie dafür, dass ich dem Verstorbenen den Trost gebracht hätte, den er gebraucht habe.

Und sie erzählten mir ihre Geschichten an dem Tag, an dem er mir vielleicht seine anvertraut hätte.

Ich verstand nicht, warum man mir dankte. Ich erfüllte nur meine Aufgabe als Arzt.

Louise hat es mir begreiflich gemacht.

Ich habe Ihnen noch nicht von Louise erzählt.

Und natürlich habe ich ihre Hefte nicht zur Hand …

Sie können sie nicht finden, nur ich könnte sie erkennen, aber ich habe keine Lust aufzustehen. Es ist angenehm hier, genau so, wie ich es liebe.

Meine Stimme wird für ihre sprechen.

Spüren Sie diesen leichten Wind? Um diese Uhrzeit kommt er immer auf. Ich höre das Windspiel gegen die Tür schlagen und weiß, dass es Zeit ist, zu Nora zu gehen …

NICHT LOUISE HAT MICH GERUFEN, sondern ihr Sohn. Einige Monate nach André und dem Mann mit dem gebrochenen Herzen.

Sie wollte unbedingt aufstehen, als ich eintrat.

Ich war ihr nie begegnet, doch ich erkannte sie.

Im Abtreibungszentrum hing am Schwarzen Brett ein Foto von ihr, das am Tag ihrer Verabschiedung in den Ruhestand aufgenommen worden war: Sie war vor Madame Pujade für das Zentrum verantwortlich gewesen. Einige Ärzte hatten ohne sie nicht arbeiten können. Sie hielt ihnen die Hand und zugleich hielt sie die Hand der Frauen. Sie bot allen Halt.

Ich hatte von ihr nur dieses Foto gesehen, aber ich erkannte sie an den Augen.

Ihr rundes Matronengesicht hatte die Form verloren. Sie hatte nicht mehr die Kraft oder den Wunsch, die wenigen Haare, die ihr geblieben waren, zu verstecken. Sie hatte ihren Kopf nicht bedeckt.

Doch sie lächelte.

Ihr Sohn half ihr, sich wieder zu setzen. Er blieb da, ohne etwas zu sagen. Er wagte sich nicht zu bewegen.

Sie legte ihre Hand auf seine.

»Der Doktor und ich müssen was besprechen.«

Er rührte sich nicht, und sie drückte seine Hand, um ihm zu sagen: »Geh.« Er ging hinaus.

Sie sagte eine ganze Zeit nichts.

»Ich mochte André sehr.« Sie hob den Daumen. »Das war *ein feiner Kerl.* Ein guter Arzt. Wussten Sie, dass er, als er ganz jung war, als Student, Abtreibungen vornahm, damals, als es noch verboten war?«

»Nein, das wusste ich nicht.«

»Seine Frau sagte mir, Sie seien bei ihm gewesen, als er starb …«

»Ja.«

Sie sah mir fest in die Augen.

»Sie fand, er habe ausgeruht gewirkt, friedlich.«

»Ja, er ist ruhig eingeschlafen.«

»Dank Ihnen …«

»Er hatte mich gebeten, ihm an jenem Abend Gesellschaft zu leisten.«

Sie nickte.

»Wollen Sie auch mir Gesellschaft leisten?«

Ich sagte nichts.

»Ich habe meine Chemotherapien abgesagt. Ich gehe nicht ins Krankenhaus zurück. Ich habe noch zwei, höchstens drei Monate, bis ich völlig außerstande bin, mich um mich selbst zu kümmern. Ich möchte nicht, dass mein Mann und meine Kinder wochenlang an meinem Bett sitzen, wenn ich nicht mehr aufstehen und mich nicht mehr herumdrehen kann. Ich möchte nicht, dass sie mich mit dem Löffelchen füttern und mich waschen müssen, wenn ich das

Bett schmutzig gemacht habe. Deshalb werde ich vorher gehen. Ich habe alles Nötige, ich war nicht umsonst Intensivschwester. Wenn es so weit ist ...«

Ich wartete, dass sie weitersprach. Sie sah auf ihre Hände, rieb sie so vorsichtig aneinander, als hätte sie Angst, sie könnten zerbrechen.

Sie sprach nicht weiter.

»Was möchten Sie, was soll ich tun?«

»Dienstagabends da sein, wenn ich einschlafe.«

»Sie glauben ... Sie möchten an einem Dienstagabend gehen?«

»Nein, aber es ist der Abend, an dem Bernard mit seinen drei besten Freunden Karten spielt. Sie kennen sich seit vierzig Jahren. Dieser Kartenabend ist ein Ritual. Sie haben immer gesagt, es gebe nur eine Entschuldigung fürs Fehlen, nämlich den eigenen Tod. In vierzig Jahren hat keiner von ihnen je gefehlt. Nicht einmal wegen eines Unfalls oder einer Operation: Dann kam der Hinkefuß eben mit seinem Gips, oder die anderen spielten mit dem Operierten an dessen Krankenbett. Sie haben keine einzige Partie abgesagt, nicht einmal beim Generalstreik '68 – da waren sie noch sehr jung, aber sie spielten schon –, und auch nicht im Jahr mit dem heftigen Sturm. Nicht einmal, als eine der Frauen kurz vor der Niederkunft stand.«

Sie lachte.

»Man wusste, dass man nicht an einem Dienstag niederkommen durfte. Oder aber man musste *nach* der Kartenpartie mit den Wehen anfangen. Und ob Sie es nun glauben oder nicht: Wir haben uns alle daran gehalten! Elf Geburten bei uns fünf Frauen – einer der vier hat zweimal geheiratet –, und nicht eine davon an einem Dienstag. Seit ich krank bin, bleiben mein Sohn und meine Tochter dienstagabends abwechselnd bei mir, bis Bernard wieder zu Hause ist. Ich versuche, wach zu bleiben, bis er wieder da ist, aber es fällt mir schwer. Ich bin müde. Und weil sie beide Angst haben, ich könnte plötzlich sterben, lassen sie mich keinen Augenblick lang aus den Augen. Sobald ich einschlummere, werden sie nervös, haben sie Angst, horchen sie auf meine Atmung! Das Problem ist ... Sie werden es albern finden ... aber ich habe die Gewohnheit – eigentlich ist es keine Gewohnheit, ich mache es ja nicht absichtlich –, im Augenblick des Einschlafens laut irgendwelchen Unsinn zu erzählen. Zu Beginn meiner Ehe hat mir das manchen bösen Streich gespielt. Ich ging meinen Tag noch einmal durch, ich sprach von den Leuten, die ich gesehen hatte, ich sagte die schlimmsten Sachen über meine Schwiegermutter ... Meistens dauert es nicht lange, ich sage ein paar Worte, ein paar Sätze, aber manchmal reicht es, um Aufruhr zu stiften. Mein Mann kennt mich, er hat alles gehört, er ist gewappnet. Aber ich werde immer müder ... Sie halten das sicher für lächerlich. Aber stellen Sie sich das mal vor: Wenn ich eines Abends im Beisein meines Sohnes oder meiner Tochter einschlafe und mir dabei, ohne dass ich es merke, etwas herausrutscht ...«

Sie sah mir fest in die Augen. Ich gab ihr zu verstehen, dass sie nichts zu fürchten hatte.

»... irgendeine unglückliche Bemerkung ...«

»Ich verstehe. Sie bitten mich also ...«

»Wenn ich einschlafe und dabei etwas sage ... etwas

Schreckliches, dann beziehen Sie das nicht auf sich. Und Sie reden nicht darüber.«

»Sie möchten, dass ich Ihnen dienstagabends Gesellschaft leiste. Ist das alles?«

»Das ist alles.«

Aber das ist niemals alles.

Neun Wochen lang ging ich an jedem Dienstagabend zu ihr und leistete ihr Gesellschaft.

Ich kam immer, kurz bevor ihr Mann aufbrach. Beim ersten Mal war er ein wenig besorgt, aber als er zurückkam, war sie immer noch wach, lebhaft und fröhlich. Sie hatte den ganzen Abend gesprochen. Am zweiten Dienstag war sie bei der Rückkehr ihres Mannes genauso gut gelaunt. An den folgenden Dienstagen ging er mit einem Lächeln auf den Lippen. Es beruhigte ihn zu wissen, dass er sie bei seiner Heimkehr fröhlich vorfinden würde.

Sobald ihr Mann fort war, bat sie mich, das riesige Familienalbum, das auf dem Couchtisch lag, zu öffnen und auf ein Foto zu zeigen. Ich suchte eins aus, setzte mich wieder in meinen Sessel und hörte ihr zu. Wenn sie nichts mehr dazu zu sagen hatte, suchte ich ein anderes aus.

Sie war unerschöpflich.

Sie lachte viel, während sie mir ihre Geschichten erzählte, am ersten Abend und auch an den folgenden Dienstagen.

Ich habe sie nur einmal weinen sehen.

In dem Album war ein Foto von Louise als Jugendlicher, neben einem Porträt ihrer Tochter, als diese etwa im selben Alter war. Zwei etwas rundliche junge Mädchen, wie zwei Zwillingsschwestern, eine in verblichenen, die andere in frischen Farben. Darunter stand: »Die Mutter und ihre Lieblingstochter!« Es gab kein anderes Foto von Louise aus dieser Zeit. Von diesem abgesehen, waren die ältesten Fotos von ihr ihre Hochzeitsbilder. Und auf diesem einzigen Bild aus ihrer Jugend wirkte sie traurig und zugleich unbeteiligt.

Es war mir gleich zu Beginn aufgefallen, doch ich wartete mehrere Wochen, bis ich darauf zeigte. Ich wagte nicht daran zu rühren.

Eines Abends, nachdem ich Tränen über eine Geschichte gelacht hatte, in der es um einen Angelausflug der ganzen Familie gegangen war, suchte ich dieses Foto aus.

Louises Gesicht veränderte sich. Anfangs dachte ich, sie sei zornig, dann sah ich, wie ihre Augen feucht wurden.

»Ich fragte mich schon, wann Sie wohl dieses auswählen würden. Ich dachte, dieser Moment würde niemals kommen, und zugleich hatte ich Angst davor, dass er kommen würde. Und jetzt …«

Sie legte die Hand auf das offene Album.

»Ich dachte, ich müsste sterben, als meine Tochter mein Foto neben ihres geklebt hat. Und vor allem, als sie das schrieb. Sie hat nie erfahren, dass ich noch eine kleine Tochter hatte. Niemand weiß es. Ich habe es Bernard nie gesagt, und unseren Kindern schon gar nicht, ich schämte mich zu sehr. Auf diesem Foto sieht man mich zum ersten Mal in meinem Leben rundlich. Dabei war ich vorher schmal und schlank – ich habe alle Fotos von vorher vernichtet –, die älteren Jungs, die einige Wochen zuvor noch um mich herumgeschlichen waren, fingen an, mir aus dem Weg zu gehen und mich als Dickerchen zu hänseln. Ich war fünfzehn. Ich kam gar nicht auf die Idee, dass ich schwanger sein könnte.

Ich war nicht naiv, ich wusste, was Sexualität war, aber ich hatte nie mit jemandem geschlafen. Und ich hatte damals auch gar nicht die Absicht, es zu tun. Meine Regel war sehr unregelmäßig, ich zählte die Tage nie, doch als meine geschwollenen Brüste Flüssigkeit abzusondern begannen, begriff ich schnell. Ich war sehr gut in Biologie … Und ich wusste auch gleich, wie es passiert war. Dieses Foto hat meine Mutter im November aufgenommen. Am zweiten Septemberwochenende waren wir, wie damals in jedem Jahr zur selben Zeit, für zwei Tage mit meinem Onkel, dem Zwillingsbruder meines Vaters, meiner Tante und meinem Cousin Jérôme zelten gefahren. Ich schlief mit ihm in einem Zelt, wir waren gleich alt und hatten immer zusammen geschlafen. In jenem Jahr waren meine Eltern nicht sehr dafür, uns zusammen zu lassen, aber ich drängte darauf, ich verstand nicht, warum sie uns trennen wollten. In der ersten Nacht wachte ich auf, ich hatte das Gefühl zu ersticken, mir war heiß, ich war ganz nass, und Jérôme lag auf mir und schnarchte, was mich zum Lachen brachte. Er wachte ganz erschrocken auf, stürzte sich auf seine Matratze und kehrte mir den Rücken zu. Ich verspottete ihn, aber er antwortete nicht. Schließlich schlief ich wieder ein. Als ich am nächsten Morgen aufstand, waren meine Schenkel und mein Po klebrig. Am zweiten Abend ging Jérôme zum Schlafen zu meinem Bruder, er hat das ganze Wochenende nicht mehr mit mir gesprochen. Ich wusste nicht weshalb, es machte mich traurig. Als ich merkte, dass ich schwanger war, verstand ich es: Er hatte Angst vor dem, was er getan hatte, er schämte sich dafür …

Ich ging zu Jacqueline, der besten Freundin meiner Mutter, um mit ihr darüber zu sprechen, sie war Hebamme. Sie war *ein feiner Kerl.* Sie fragte mich, was ich tun wollte, und ich sagte, ich wisse es nicht. Sie sagte es dann meiner Mutter, und ich glaube, sie ließ ihr keine Wahl: Sie erklärte ihr, sie müsse mich unterstützen. Sie habe nicht das Recht, wütend zu werden und diese Wut an mir auszulassen. Meine Mutter fragte mich nicht, mit wem ich es gemacht hatte, sie hatte es gleich geahnt. Aber sie erinnerte sich an das Gesicht, das Jérôme gezogen hatte, als er zum Schlafen zu meinem Bruder gegangen war, und dachte, *ich* wäre dafür verantwortlich. Das sagte sie mir, viel später, als meine Tochter zur Welt kam. Sie war mir böse, aber sie hat es mich nicht spüren lassen. Jacqueline hat es ihr nicht erlaubt, glaube ich.

Ich lernte, weite Kleider zu tragen, um es zu verdecken. Doch ich nahm am ganzen Körper zu, also sah man es nicht. Mein Vater hat nichts bemerkt. Am Ende der Schwangerschaft sagten mir alle, ich äße zu viel und müsse eine Diät machen. Es war hart, sich das anhören zu müssen, während sich die Kleine in mir bewegte. Sie bewegte sich viel, besonders nachts, dann konnte ich nicht schlafen. Sie war ein sehr lebhaftes kleines Mädchen ... Es war das Jahr des Generalstreiks. Anfang Mai war das Land durch die Demonstrationen blockiert. Die Fabriken schlossen. Die Schulen auch, und es war bald klar, dass sie vor dem Sommer nicht mehr öffnen würden. Bei uns gingen die Männer mit ihren Söhnen fischen oder Boule spielen. Jacqueline und meine Mutter sagten ihren Männern, wenn das so wäre, dann würden wir drei als Frauenclub in Urlaub fahren. Wir zogen in ein Haus am Meer, das Jacquelines Eltern gehörte, und blieben dort bis zur Geburt. Als wir zurückkamen, sagte meine Mutter meinem Vater, sie habe plötzlich Wehen bekommen und ein kleines Mädchen zur Welt gebracht, zum Glück sei Jacqueline da gewesen. Mein Vater war völlig platt, aber meine Mutter war sehr kräftig gebaut, und als sie mit mir und dann mit meinem Bruder schwanger gewesen war, hatte sie es erst an den kleinen Tritten im Bauch gemerkt. Also hat er ihr geglaubt. Damals gab es noch keine Empfängnisverhütung. Und sie wusste sogar noch den Tag der Empfängnis: In der zweiten Nacht im Zelt hatte ich fast nicht geschlafen, ich war zu aufgewühlt. Und da hatte ich das sanfte Lachen meiner Mutter gehört und das Grunzen meines Vaters, und wie meine Mutter zu ihm sagte: Pschschscht, du weckst noch die anderen auf …

… Ich nannte sie Lucie. Meine Mutter mochte den Namen nicht, aber Jacqueline erinnerte sie daran, dass *ich* die Mutter war … Das hat ihr gar nicht gefallen …

Ich stillte sie, wissen Sie. Wenn mein Vater und meine Brüder da waren, machte meine Mutter ihr ein Fläschchen und tat so, als würde sie es ihr geben, aber die Kleine wollte es natürlich nicht, sie merkte, dass ich da war, sie schrie und wandte mir den Kopf zu, also sagte ich: ›Lass mich das machen‹ und nahm sie mit in mein Zimmer, um ihr die Brust zu geben. Wenn sie großen Hunger hatte, gab ich ihr etwas aus dem Fläschchen dazu und trank den Rest … Ich liebte sie so sehr. Ich konnte mit ihr spielen und sie küssen und dabei sagen: ›Ich hab dich ja so lieb, mein kleiner Schatz‹, ohne dass jemand schockiert gewesen wäre. Das ganze Viertel fand es rührend, dass ich meine kleine Schwester so sehr liebte. Und Sie wissen ja, wie die Leute sind, sie merken es gar nicht, wenn sie dumm oder grausam sind, manche sagten: ›Genieß es, mit den eigenen hat man weniger Spaß!‹ Und andere: ›Pass auf, dass du dir nicht vom nächsten Besten auch eins machen lässt.‹ … In jenem Sommer zog ich meine kleine Tochter auf, und ich war sehr glücklich. Im September machten wir keinen Wochenendausflug, denn der Streik war vorbei, und die Männer mussten samstags in der Fabrik Überstunden machen. Meinem Onkel und meiner Tante haben wir natürlich nichts davon erzählt. Auch Jérôme hat nie etwas erfahren. Jungs in diesem Alter sind nicht sehr helle. Und dann ging er zur Armee, ich sah ihn mehrere Jahre lang nicht wieder, und als er zurückkam, machte ich gerade meine Schwesternausbildung, er war frisch verheiratet, seine Frau war schwanger, da konnte ich es ihm ja nicht einfach so erzählen. Und ich hätte es ohnehin nicht gekonnt. Ich war noch zu traurig.

Im September ging ich wieder zur Schule. Alles verlief gut, die Kleine schlief nachts durch; da mein Zimmer ziemlich groß war, hatte man ihr Bettchen in meine Nähe gestellt, direkt neben das Fenster. Eines Tages im Oktober machte einer unserer Lehrer mit uns einen Schulausflug ins Kunstgewerbe-Museum, das unmittelbar vor dem Generalstreik eröffnet worden war. Es war für mich ein herrlicher Tag, das Wetter war schön, und ich kann mich noch an alles erinnern: die Möbel mit Einlegearbeiten, die Kathedralen aus Lebkuchenteig und das Eingangstor eines Renaissance-Schlosses als Miniaturmodell, für das der Handwerker eigens Miniatur-Werkzeuge angefertigt hatte … Abends erwartete mich mein Vater an der Bushaltestelle, ich hatte ihn noch nie in einem solchen Zustand gesehen. Mein Bruder weinte während der Autofahrt. Sie antworteten nicht, als ich fragte, was denn los sei. Sie fuhren mit mir zum Krankenhaus. Meine Mutter stand auf dem Gang. Sie weinte nicht. Sie sagte kein Wort. Eine Krankenschwester brachte mich zur Leichenhalle; sie ging zu einer Liege und hob das Laken hoch: Darunter lag meine kleine Lucie. Bevor ich morgens zur Schule gegangen war, hatte ich sie noch geküsst, sie hatte gelacht und mit ihren Händchen in meine Haare gegriffen. Und am Abend dieses schönen Tages war sie nicht mehr sie, war sie nur noch dieser ganz schlappe, ganz kalte Körper eines Babys, das ich nicht kannte …

… Meine Mutter hatte ihr um acht Uhr, nachdem ich losgegangen war, ein Fläschchen gegeben, sie hatte gut getrunken, und dann hatte sie sie wieder hingelegt. Normalerweise hörte sie sie dann gegen elf Uhr brabbeln, doch an diesem Tag hörte sie bis halb eins nichts, also sah sie nach und fand sie reglos im Bett liegend, noch lauwarm, mit ein wenig Milch im Mundwinkel. Sie rief den Arzt, doch es war schon zu spät. Der Kinderarzt im örtlichen Krankenhaus sagte uns an jenem Abend, es sei ein unerklärlicher plötzlicher Kindstod. Der ohne Vorwarnung auftrete und oft, wenn die Babys lägen. Sie hörten auf zu atmen, wieso, wisse man nicht. Und dass meine Mutter nichts hätte tun können, und ich genauso wenig …

… Meine Eltern hatten nicht genug Geld, um mich Medizin studieren zu lassen. Ich wollte Hebamme werden, wie

Jacqueline, doch dafür hätte ich ans andere Ende des Landes gehen müssen, und seit Lucies Tod wich mir meine Mutter nicht von der Seite. Eine ständige Überbehütung. Ich legte am örtlichen Krankenhaus das Schwestern-Examen ab. Ich machte Praktika auf der Frauen- und der Kinderstation. Schließlich entschied ich mich für die Intensivstation. Eines Tages, noch vor meiner Ehe, war ich bei einer Teambesprechung, bei der es um den plötzlichen Kindstod ging. Der Arzt zählte die häufigsten Begleitumstände auf: junges Alter der Mutter, das Kind schläft auf dem Bauch oder mit im Bett eines Elternteils, oder die Wiege steht neben dem Heizkörper. Als ich das hörte, sagte ich mir: Ich habe sie getötet. Und dann wurde der Arzt ernster und sagte, in Amerika und England schließe man auch eine andere Ursache nicht aus, die schwer zu verhindern und schwer zu beweisen sei, höchstens, wenn es in derselben Familie schon andere plötzliche Todesfälle gegeben habe …

… Ich rief meine Mutter an. Ich erzählte ihr von dem, was der Arzt auf der Besprechung gesagt hatte, und sagte ihr, ich hätte mich schuldig gefühlt dabei. Sie reagierte nicht. Sie sagte nicht einmal: *Aber nein, es war nicht deine Schuld.* Also redete ich weiter: *Er hat auch gesagt, dass einige dieser Kinder ersticken. Vielleicht durch unglücklichen Zufall. Vielleicht auch nicht. Manche Mütter haben manchmal Anfälle von Wahnsinn.* Und während ich das sagte, dachte ich mit aller Kraft: Es stimmt, ich habe Lucie sehr früh bekommen, und ich liebte sie sehr, also habe ich vielleicht zu heftig mit ihr geschmust, *aber ich weiß, dass ich mein Baby nicht erstickt habe.* Sie sagte lange nichts. Und dann murmelte sie hart: ›Du warst viel zu jung, es war dir nicht klar, dass …‹, aber ich wollte nichts mehr hören, ich legte auf. Fünf Jahre lang habe ich meine Eltern nicht mehr besucht. Ich habe geheiratet, ohne es ihnen zu sagen. Mein Bruder arbeitete in Deutschland, wir schrieben uns, aber wir sprachen nie von ihnen. Und dann wurde bei meiner Mutter Krebs entdeckt, sie hatte überall Metastasen, sie starb im Verlauf weniger Monate, ich habe sie erst kurz vor ihrem Tod besucht. Es hatte keinen Sinn, sie war nur noch eine völlig zerstörte Mumie auf ihrem Krankenhausbett, sie reagierte nicht mehr, doch mein Vater hatte mich so sehr darum gebeten. Ich hatte nachgegeben, aber ich war ihm böse, auch ihm. Ich war sicher, dass er es wusste, dass er es immer gewusst hatte. Sie hatte ihm ganz sicher gesagt, was sie getan hatte. Oder er hatte es geahnt. Und wenn er es geahnt hatte, dann war er genauso schuldig wie sie, weil er nichts gesagt und nichts getan hatte. Und wenn er nichts geahnt hatte, dann war er eben ein Dummkopf, der mit einer Verbrecherin zusammenlebte! Er hatte immer gesagt, dass er Lucie genauso liebte wie mich, wie hatte er das zulassen können? … Bernard kam am Tag der Beerdigung dazu. Mein Vater und er verstanden sich auf Anhieb. Als unser Sohn zur Welt kam, gab Bernard ihm Bescheid, und am nächsten Tag kam mein Vater, die Arme voller Geschenke, ganz glücklich und ganz stolz, immer wieder nahm er seinen Enkel auf den Arm, sprach mit ihm und wiegte ihn, wie er es mit meiner Lucie getan hatte. Und dann stockte er plötzlich, legte ihn ganz sanft wieder ins Bettchen und entschuldigte sich. Er habe Angst, ihm wehzutun, Babys seien empfindlich, ob ich die Zeitungen gelesen hätte, er habe gelesen, man dürfe Babys nicht auf den

Bauch legen, sonst könne ihnen etwas zustoßen, und dabei sei ihm eingefallen, dass er uns alle drei auf den Bauch gelegt habe, als wir Babys gewesen seien, meinen Bruder, Lucie und mich, und jetzt bereue er es, und wenn er noch einmal vor einer Wiege stünde ... In diesem Augenblick wurde mir klar, dass er nie gewusst hatte, dass Lucie meine Tochter war und was meine Mutter ihm angetan hatte, und dass er sich, obwohl er nichts sagte, nichts zu erkennen gab, weil ein Mann seiner Generation keine Gefühle zeigte, dennoch schuldig fühlte, wie ich mich schuldig gefühlt hatte. Ich fing an zu weinen, weil ich meinen Vater wiedergefunden hatte. Und ich war tausend Mal zorniger auf meine Mutter, weil sie uns alle so hatte leiden lassen.

... Nachts, wenn ich einschlafe, sehe ich sie oft, ich sage ihren Namen, Lucie, ich spreche mit ihr, mein Schatz, ich liebe dich, wie hübsch du bist, meine Süße, so ein hübsches Baby. Bernard meint dann, ich spräche von meiner kleinen Schwester, er wusste seit je, wie sehr ich sie liebte. Ich habe ihm nie die Wahrheit sagen können. Vielleicht hätte es mir gutgetan. Dann hätte er verstanden, warum ich meine Mutter nicht besuchen wollte, als sie im Sterben lag. Aber ich konnte es ihm nicht sagen. Ich wollte es nicht. Wenn Lucie gelebt hätte, hätte ich ihr erklärt, dass sie meine Tochter war. Wann, weiß ich nicht. Ich weiß nicht, wie sie es aufgenommen hätte. Aber ich hätte ihr die Wahrheit gesagt, denn es war unser beider Wahrheit. Dann hätte ich vielleicht Bernard nicht kennengelernt – viele Männer wollen keine Frau mit Kind –, und unsere Kinder wären nicht zur Welt gekommen. Ich kann Bernard nicht sagen, dass ich um das kleine

Mädchen weine, das ich gern aufgezogen hätte; ich kann meiner Tochter nicht sagen: *Nein, meine Große, du bist nicht meine Lieblingstochter, ich liebe dich, wie ich sie geliebt habe*; ich kann meinem Vater nicht sagen, dass er mit einer Lügnerin und Verbrecherin zusammengelebt hat; ich kann nicht eines Dienstagabends einschlafen und dabei womöglich herausschreien, was ich meiner Mutter ins Ohr geflüstert habe, als sie auf ihrem Sterbebett lag, ich weiß nicht, wie ich es geschafft habe, all das immer für mich zu behalten, ich will nicht, dass das die letzten Worte sind, die eins meiner Kinder von mir hört, und dass sie alle, Bernard, mein Vater, meine Tochter und mein Sohn, darüber sprechen und schließlich begreifen, dass ich ihnen bei meinem Tod Lügen und den Tod eines Babys hinterlassen habe – *krepier, du Ungeheuer, krepier, du hast meine kleine Tochter getötet, jetzt bist du dran.*«

LOUISE KLAPPTE DAS ALBUM ZU und sagte: »Es ist spät. Ich habe genug.«

Sie öffnete die Schachtel, in der sie immer die Tabletten für die Nacht bereitlegte. Sie nahm sie eine nach der anderen und spülte sie mit einem Schluck Wasser herunter, es waren andere als sonst.

Sie sprach noch eine kleine Weile, von André, dessen Engagement und Mut sie schätzte; von dem Abtreibungszentrum, in dem sie so gern gearbeitet habe; von Madame Pujade, die ein *feiner Kerl* sei; von ihrem Mann und ihrem Sohn und deren Sorge; von ihrer Tochter, die gerade in den sechsten Monat gekommen sei und sie voller Angst angerufen habe, als sie ihre Schwangerschaft entdeckt hatte. Es war ein Missgeschick gewesen, sie hatte gerade eine Stelle gefunden, dergleichen stand nicht auf dem Plan. *Und jetzt, wo du so krank bist, ist das kein guter Moment* – doch Louise habe gerufen: *Aber ja doch, das ist ein guter Moment!* Ihr Schwiegersohn sei ein wunderbarer Junge, er habe eine gute Arbeit, die beiden liebten sich sehr. Und dass sie jetzt ein Baby bekämen, was gebe es Natürlicheres?

Sie fand es schade, dass sie ihren ersten Enkel nicht kennenlernen würde, aber sie freute sich über die Schwangerschaft ihrer Tochter. Sie wolle nicht just dann sterben, wenn ihre Tochter das Kind bekäme, das könne sie ihr nicht antun, ihnen den Anblick einer Sterbenden zumuten, wo sie sich doch vor allem freuen sollten. Sie würde sich heimlich davonmachen und sie der Obhut des Babys überlassen.

»Ich bin müde, ich lege mich ein bisschen hin und döse.«

Ich half ihr, sich hinzulegen. Ihr war kalt. Ich holte ihr eine Decke von ihrem Bett.

Als ich sie über sie ausbreitete, öffnete Louise noch einmal halb die Augen und sagte lächelnd: »Und wenn ich Unsinn rede, achten Sie nicht darauf, okay?«

Und dann schlossen sich ihre Augen, und sie schlief ein.

Ohne ein einziges Wort.

ICH HABE SO VIELE GESCHICHTEN GEHÖRT.

Nicht alle sind auf so sanfte Weise fortgegangen wie Louise.

Einige taten es mit großer Angst, die ich ihnen weder mit meinen Medikamenten noch mit meinen Bemühungen, noch mit meiner Anwesenheit nehmen konnte.

Andere mitten im Satz, plötzlich wie eine vom Luftzug gelöschte Kerzenflamme.

Ich sah Menschen, die voller Zorn gingen.

Aber das war nicht das Schlimmste.

Es war auch nicht das Schlimmste, ihnen in dem Wissen zuzuhören, dass sie ihre letzten Worte sagten, oder ihnen beim Sterben zuzusehen.

Das Schlimmste war die Angst, ihre Worte könnten verloren gehen.

Solange sie da waren, in meinem Gedächtnis, lebten sie.

Sehr bald schon – vielleicht Andrés und seiner Hefte wegen – genügte es mir nicht mehr, ihre Worte im Kopf zu behalten, ich musste sie so genau wie möglich niederschreiben. Der Gedanke, es nicht zu tun, war mir unerträglich.

Aber ich war mir nicht sicher.

André hatte mir seine Hefte ohne die geringste Anweisung hinterlassen. Die anderen hatten mich lediglich um meine Unterstützung gebeten. Hatte ich das Recht, ihre

Worte schriftlich festzuhalten? War mein Entschluss, die Namen zu ändern, nicht der Beweis dafür, dass irgendetwas daran faul war?

Nach ein oder zwei Jahren verging keine Woche mehr, ohne dass eine neue Stimme bei mir anrief, manchmal waren es nur ein paar Tage. Ich lehnte dann ab oder bat darum, später noch einmal Kontakt zu mir aufzunehmen. Ich wollte – und konnte – nicht mehr als einem Menschen gleichzeitig helfen. Und nach jeder dieser Begleitungen nahm ich mir ein wenig Zeit zum Durchatmen.

Ein einziges Mal habe ich, auf das Drängen einer angsterfüllten Stimme hin, gegen diese Regel verstoßen, und ich habe es bereut.

DIE STIMME VON RICHARD, dem Mann, der mich angerufen hatte, hatte etwas Fieberhaftes.

Dieses Fiebrige war bei unserer ersten Begegnung noch spürbar.

Er wolle Schluss machen, sagte er. Und anders als bei all den anderen Stimmen, die ich gehört hatte, lag in seiner Stimme weder Müdigkeit noch Zorn, sondern Ungeduld und etwas wie Herausforderung. Er hatte eine Rechnung zu begleichen.

Er hatte lange mit mir gesprochen, ohne mir wirklich etwas zu sagen. Ich hatte, wie sonst auch, keine Fragen gestellt.

Ich war mir nicht so sicher wie bei den Malen zuvor. Ich war müde. Ich hatte wenig geschlafen. Am Tag zuvor hatte ich einem Mann geholfen, dessen Geschichte mich sehr mitgenommen hatte.

Sie hatte so lange gedauert, dass ich ein oder zwei Mal eingenickt war. Wieder zu Hause, hatte ich mich irrsinnig angestrengt, um alles sofort aufzuschreiben – aus Angst, der Schlaf könne einen Teil seiner Worte auslöschen.

Ich hätte die Sache schon bei dieser ersten Begegnung abbrechen sollen. Aber damals traute ich mir selbst noch nicht genug, ich hatte noch nicht genug Erfahrung und konnte niemanden um Rat bitten. Und da ich mit anderen vor ihm einen solchen Vertrag geschlossen und mich ihnen zur Verfügung gestellt hatte, fühlte ich mich nun auch ihm gegenüber gebunden. Ich hatte vergessen, dass sich in einem Vertrag beide Seiten verpflichten.

Ich wollte Richard nicht enttäuschen, wie ich beinahe den Patienten vor ihm enttäuscht hätte. Also tat ich mein Bestes und ging über meine Gefühle hinweg. Ich sprach lange mit ihm. Zu lange. Und sagte zu viel.

Ich hoffte, ihn zu beruhigen, aber irgendetwas funktionierte nicht.

Als ich am vereinbarten Abend wieder zu ihm kam, ging gar nichts. Obwohl ich ihm zuhörte, obwohl ich ihm versicherte, es bestehe keinerlei Eile, er solle sich seine Entscheidung reiflich überlegen, ich stünde ihm in einem Monat oder auch sechs Monaten noch genauso zur Verfügung, und trotz der Medikamente, die ich ihm verordnet hatte, war seine Angst stärker denn je.

Ich öffnete meine Tasche, dann schüttelte ich den Kopf.

»Es ist nicht der richtige Moment.«

»Wie bitte? Natürlich ist er das! Darüber habe ich zu entscheiden!«

»Ich glaube nicht. Dann wären Sie jetzt nicht in einem solchen Zustand. Sie wären erleichtert, beruhigt. Aber das ist nicht der Fall. Ich weiß nicht warum, und ich brauche es nicht zu erfahren, wenn Sie nicht mit mir darüber sprechen wollen, aber Sie sind nicht bereit.«

»Das können Sie mir nicht antun! Sie können mich doch nicht im letzten Augenblick im Stich lassen!«

»Ich lasse Sie nicht im Stich, ich bitte Sie nur, Ihren Entschluss zu überdenken. Ich kann Ihnen heute Abend nicht helfen. Sie haben es zu eilig. *Sie sind nicht bereit.*«

Ich schloss meine Tasche wieder und ging.

Zwei Tage darauf erfuhr ich, dass Richard sich in seiner Wohnung erhängt hatte.

Ich machte mir keine Vorwürfe, weil ich mich geweigert hatte. Ich habe mich nie für die letzte Lösung gehalten. Allen, denen ich geholfen habe, standen auch andere Möglichkeiten zur Verfügung, ein Ende zu machen. Selbst André hätte mich dafür nicht zu rufen brauchen. Aber sie hatten mich gerufen, um die Auswirkungen ihrer Entscheidung auf die anderen abzumildern – und um zu verhindern, dass die anderen dieser Entscheidung Widerstand entgegensetzten.

Ich machte mir Vorwürfe, weil ich nicht verstanden hatte, worum es ging. Richard wollte brutal sein. Zu wem? Ich weiß es nicht. Wenn ich ihm an jenem Abend geholfen hätte, hätte ich mich nur zu seinem Komplizen gemacht.

Aber ich bedauerte, dass ich nicht imstande gewesen war, schneller herauszufinden, was ihm zu schaffen machte.

Mir kam allmählich der Gedanke, dass ich zu viel tun wollte, genau wie bei meinen Anfängen im Schmerz-Team: Ich verschrieb zu viele Behandlungen, zu viele Medikamente, ich traf zu viele Vorsichtsmaßnahmen. Indem ich lernte, weniger zu tun, hatte ich gelernt, besser zu behandeln.

Less is more.

Ich wollte den Frauen und Männern, die es brauchten, weiterhin helfen. Aber ich konnte nicht mehr ganze Nächte damit zubringen, ihre Worte aufzuschreiben. Die Müdigkeit wirkte sich auf meine Aufmerksamkeit aus, und darunter litten meine Behandlungen.

Zuhören, Erleichterung verschaffen, die nötigen Informationen und Substanzen geben, um die Menschen zu entspannen und zu beruhigen, das war das Wesentliche. Aufschreiben, um mein Gewissen zu erleichtern, war egoistisch, nutzlos, parasitär.

Ich hörte auf, Hefte vollzuschreiben.

VON NUN AN VERBRACHTE ICH doppelt so viel Zeit in der Schmerzabteilung. Statt zu schreiben, las ich. Ich durchkämmte alles, was gedruckt oder im Internet erschien: über den Schmerz und alle seine Erscheinungsformen, die Symptome des Lebensendes, über verhüllte oder überdeutliche Depressionen, die Austrocknung bei Sterbenden, die Hirntätigkeit von Komapatienten …

Ich lernte alles, was ich lernen konnte. Und jedes Mal, wenn neue Begriffe in mein Gedächtnis gelangten, traten sie mit den schon vorhandenen in Kontakt, sie schufen neue Verbindungen, schlugen neue Funken, ließen neue Ideen entstehen, die ich für das ganze Team und alle Patienten nutzbar zu machen versuchte.

So arbeitete ich lange Jahre, ohne mir weitere Fragen zu stellen.

In jeder Woche behandelte ich Patienten.

An jedem Wochenende half ich denen, die sich um Patienten kümmerten.

Und dann begegnete ich Nora.

Und als sie eines Tages ein Heft aufschlug, sagte sie …

Nein, so darf ich nicht anfangen.

Wenn die Geschichte einen Sinn haben soll, muss ich sie richtig erzählen.

Wenn ich mich nicht an einem bestimmten Tag an einem bestimmten Ort befunden hätte, wäre ich Nora nicht begegnet.

So ist das immer, werden Sie mir sagen. Natürlich. Eine einzige Sekunde kann darüber entscheiden, ob eine Begegnung stattfindet oder nicht. Jedes Leben ist nur eine Folge von Zufällen. Aussagen darüber zu treffen, was auch *nicht* hätte sein können, ist genauso müßig, wie sich auszudenken, was nicht geschehen wird. *Wishful thinking*. Magisches Denken. So funktioniert das Gehirn. Die Menschen haben überlebt, weil sie imstande waren, sich tief in der Höhle oder im Dunkel der Nacht Ungeheuer vorzustellen und sich auf sie vorzubereiten. Als sie begannen, Häuser zu bauen, stellten sie sich Ungeheuer auf dem Dach oder hinter knarrenden Wänden vor. Und je mehr sie gebaut haben, desto mehr waren sie dazu verpflichtet, ihre Welt mit Ungeheuern und Geistern zu bevölkern. Damit sie bereit waren, wenn es so weit war.

Trotzdem sind die Geister nicht gekommen.

Ich dachte im Traum nicht daran, ihr so zu begegnen – das ist dumm gesagt, ich kannte sie ja nicht, ich meine: Ich dachte im Traum nicht daran, *einer Frau* zu begegnen.

Liebesbeziehungen waren nie meine Stärke gewesen. Nicht einmal im Studium.

Im Krankenhaus sah ich einige Krankenschwestern um mich herumstreichen. Schöne und intelligente Frauen, mehrere gefielen mir wirklich, und ich bin mehr als einmal mit einer von ihnen ausgegangen. Wir verbrachten einen schönen Abend, Restaurant, Kino, und danach brachte ich sie bis vor das Haus, in dem sie wohnte. Doch wenn sie mich einlud, mit hinaufzukommen, lehnte ich höflich und ohne Erklärungen ab und ging nach Hause. Danach setzte ich die Sache nicht fort. Ziemlich bald tauschten sie sich darüber aus. Ich sei »zu unabhängig« oder »zu schüchtern« oder »vermutlich impotent«, hätte »Angst vor dem Begehren der Frauen« oder sei »sowieso ein Idiot« und ich weiß nicht, was noch alles.

So erwirbt man sich einen Ruf.

In Wahrheit hatte ich Angst. Nicht vor den Frauen oder ihrem Begehren, aber vor der Liebe und ihren Folgen. Den nicht wiedergutzumachenden Folgen.

Das wurde mir bei einer Leichensektion klar.

Ja, ich weiß, das ist eine barbarische Praxis aus einer anderen Zeit, heute läuft den Leuten bei der bloßen Erwähnung ein Schauer über den Rücken, aber als ich mit meinem Studium anfing, gab es weder Anatomie-Hologramme noch 3-D-Simulationen. Man lernte, in Leichen zu schneiden. Leblose Körper, die Menschen gehört hatten. Die diese Menschen *gewesen* waren.

Da, auf den Metalltischen, benutzten die angehenden Chirurgen – die sich darin übten, ihren Weg mitten durch die Bauchorgane zu finden, Muskelgewebe zu zerteilen, die Nerven von den Gefäßen zu trennen, eine Schilddrüse oder eine Nebenniere herauszunehmen, ohne die Umgebung zu schädigen – diese Leichen, um den ganz frisch angekommenen Studenten das einzige außer Diskussion stehende Gesetz nahezubringen: Alle sterben.

Als ich in den Saal kam, sah ich auf dem Tisch die nackte Leiche eines etwa sechzigjährigen Mannes, bärtig, ziemlich füllig, kahlköpfig und mit ein wenig geschwollenen Beinen. Sein Gesicht war friedlich und sein Mund leicht geöffnet, als mache er im Schlaf eine Pause vor dem Weiterschnarchen. Ich dachte: »Dieser Mann war früher der Sohn eines Mannes und einer Frau. Auch sie sind jetzt sicher tot. Und er war vielleicht der Vater eines Jungen, wie ich einer bin. Und auch dieser Sohn wird eines Tages sterben. Wozu soll man Kinder in die Welt setzen, die sterben müssen?«

Man hatte mich gelehrt, dass unsere Gene uns dazu treiben, uns zu vermehren, um sich in die nächste Generation zu retten. Dass es für sie das einzige – egoistische, kleinliche und eitle – Mittel ist, nach einem Ansatz von Ewigkeit zu streben. Und es ist stärker als wir: Noch die Widerspenstigsten machen schließlich doch Kinder, mit oder ohne Lust und Absicht, aber nicht eigentlich zufällig. Wir sind darauf programmiert, wie wir darauf programmiert sind, zu atmen, zu trinken und zu essen. Unsere freie Willensentscheidung ist relativ: Nie denkt man über die Nichtigkeit des Lebens nach, bevor man das Nichtwiedergutzumachende getan und ein Kind in die Welt gesetzt hat, wenn es nicht sogar mehrere sind.

Ich dachte wochenlang darüber nach, und wenn es damals bei uns erlaubt gewesen wäre, hätte ich mich sterilisieren lassen. Glaube ich jedenfalls. Heute denke ich, ich hätte über die Grenze gehen können, und dann wäre der Fall erledigt gewesen. Aber ich habe es nicht getan; ich habe mich damit begnügt, mich nicht zu binden und die Frauen daran zu hindern, sich an mich zu binden – und nie ohne Kondom Sex zu haben. Wollte ich mir im Grunde die Möglichkeit offenhalten, meine Meinung zu ändern? … War auch diese mangelnde Bereitschaft, mich dem Skalpell eines Urologen auszuliefern, eine Verschwörung meiner Chromosomen?

Jedenfalls gelang es mir ohne besondere Mühe, mich nicht zu binden. Wie die meisten Menschen hatte ich Lust auf Sex und Nähe, und hin und wieder gab ich ihr nach. Es hat nie länger als ein paar Wochen gedauert. Sehr bald wurde mir der Bindungshunger der Frauen zu viel. Und selbst wenn sie behaupteten, sie hätten keinen Kinderwunsch oder der liege in weiter Ferne, wusste ich, dass es nur eine Frage der Zeit war, dass sie spätestens in einigen Jahren von diesem Wunsch eingeholt würden. Ich wollte nicht eines schönen Morgens in einem unauflösbaren Dilemma stecken. Was immer man mit seinem Leben macht, man kann nicht verhindern, dass man leidet, doch man kann wenigstens nach Kräften versuchen, *andere* nicht leiden zu lassen.

Also habe ich niemandem falsche Hoffnungen gemacht.

Ich habe lange so gelebt und es vermieden, überrascht zu werden.

Bis zu dem Tag, an dem ich Nora begegnete.

An diesem Tag konnte ich nichts machen.

SIE TAUCHTE IN MEINEM BÜRO in der Schmerzabteilung auf. Sie hatte keinen Termin. Sie war nicht krank, sie war zornig. Ihr Vater war gerade gestorben. Er war wegen akuter Leukämie in die Hämatologische Abteilung aufgenommen worden. Man hatte ihn gründlich untersucht und eine Chemotherapie angesetzt. Es ging ihm nicht schlecht, sein Zustand war stabil, er war guter Stimmung und scherzte mit dem Pflegepersonal.

Doch am Tag vor der ersten Chemotherapie war er gestorben.

Nora hatte das Team mit Fragen bombardiert, sie wollte wissen, wie so etwas hatte geschehen können. Sie wollte wissen, woran er gestorben war. Ob es einen Behandlungsfehler gegeben hatte. Ob die, die ihn hätten heilen sollen, für seinen Tod verantwortlich waren.

Natürlich konnte ihr niemand eine Antwort geben. Der Oberarzt, ein anständiger Kerl, verstand es auch nicht. Dieser Tod war unerklärlich. Er hatte, sehr vorsichtig, von der Möglichkeit einer Autopsie gesprochen, aber sofort einen Rückzieher gemacht, als er sah, wie empörend diese Vorstellung für Nora war. Weil er nicht mehr weiterwusste, hatte er sie zu mir geschickt.

Immer dieselbe Frage. Warum ich?

Im Nachhinein findet man immer eine Erklärung, die zur

Konstellation des Augenblicks passt: Der Arzt, der ihren Vater behandelt hatte, vertraute mir; er wusste, dass ich seinen Patienten im Rahmen meiner schmerztherapeutischen Aufgaben gesehen hatte, um die Symptome seiner Leukämie zu lindern; er hatte der jungen Frau meinen Namen genannt, weil er dachte, ich könne ihren Kummer lindern; jetzt war sie da.

So erzählt, erscheint das alles ziemlich einfach.

Sie legte mir die Krankenakte ihres Vaters hin und bat mich, sie sorgsam zu lesen und ihr zu sagen, was die Ursache für den Tod ihres Vaters gewesen sein könnte.

»Darauf kann ich Ihnen bestenfalls in einigen Tagen eine Antwort geben.«

Das stimmte.

Es war ihr bewusst.

Sie nickte und wollte aufstehen, doch ich fügte hinzu, ich könne mir leichter ein Bild machen, wenn sie mir von ihrem Vater, wie er vor seiner Krankheit gewesen war, und von den gerade vergangenen Tagen erzählen würde. Sie nahm die Handtasche von der Schulter, stellte sie auf einen Stuhl und begann zu sprechen.

Wir sprachen lange miteinander. Ich sage bewusst: wir. Bei jemand anderem hätte ich geschwiegen. Aber nicht bei ihr. Um mich ihrem Leid zu stellen, wollte ich nicht mit gefalteten Händen zuhören, sondern mit ihr sprechen.

Zehn Mal dachte ich: Sie wird merken, dass ich rede. Sie wird mir eine Abfuhr erteilen. Sie wird mir sagen: *Ich bin nicht hergekommen, um mir Ihr Gewäsch anzuhören.* Doch nein. Sie sagte etwas, ich führte es weiter, sie hakte wieder ein, ich ergänzte, sie stellte eine Frage, ich eine weitere, einer machte eine Anmerkung, der oder die andere entwickelte sie weiter. Ich biss mir auf die Lippen, um mich zu bremsen, doch im nächsten Augenblick redete ich schon wieder. Wir redeten beide gleichzeitig. Ich weiß nicht, wie ich es erklären soll. Das passierte mir zum ersten Mal.

Und ich vermied es sorgfältig, den Grund für ihr Kommen anzusprechen.

Wir sprachen lange miteinander. Mindestens zwei Stunden. Sie schien es nicht eilig zu haben mit dem Weggehen, und ich wollte nicht, dass sie wegging.

Sie nahm mir das Versprechen ab, dass ich mich bei ihr melden würde, wenn ich etwas herausgefunden hätte.

Als sie ging, sah sie mich lange und unverwandt an.

Als sie die Tür hinter sich schloss, hatte ich Bauchschmerzen.

Ich hatte mich soeben in eine Frau verliebt, die mir aufgetragen hatte herauszufinden, woran ihr Vater gestorben war.

Bei irgendjemandem sonst wäre meine Aufgabe einfach gewesen.

Doch Noras Vater war nicht irgendjemand.

Zwei Tage bevor sie in mein Büro gekommen war, hatte ich bei ihm gewacht, als er starb.

MEHRERE TAGE LANG ÜBERLEGTE ICH, was ich ihr antworten sollte. Ich konnte sie nicht belügen. Die Wahrheit konnte ich ihr auch nicht sagen. Es war nicht zu lösen. Ich hatte mich mehr oder weniger dazu entschlossen, sie dazu zu bringen, mir zu sagen, worum es ihr bei ihrer Suche nach der Todesursache ging. Bei dieser Selbsterforschung würde sie vielleicht eine Antwort auf die eigentliche Frage finden, die, die sie nicht klar stellte.

Wenn das nicht reichte, würde ich sagen, dass ich ihr keine bessere Antwort geben könne.

Ich hoffte, sie würde mir glauben.

Ich bereitete mich darauf vor, sie anzurufen, doch sie war es, die wieder Kontakt zu mir aufnahm.

Ich erklärte ihr, ich könne ihr so am Telefon nichts sagen.

»Ich habe Ihnen nicht alles gesagt.«

Sie wollte nicht wieder zu mir ins Krankenhaus kommen. Sie schlug vor, sich am späten Nachmittag in der Stadt zu treffen, an einem Freitag. Damals gab es auf der Grand-Rue noch eine der letzten unabhängigen Buchhandlungen der Stadt. Im hinteren Teil waren ein Café und eine Terrasse mit ein paar Bäumen. Dort traf ich sie nach dem Dienst.

Es war schon winterlich, aber im Hof standen noch einige Tische. Sie wollte unbedingt draußen sitzen. Wir behielten unsere warmen Mäntel an.

Sie zündete sich eine Zigarette an.

»Sie dürften die letzte Raucherin in dieser Stadt sein.«

»Wahrscheinlich. Deshalb gibt es auch keinen Mann in meinem Leben. Männer mögen den Tabakgeschmack nicht. Sie haben das Recht zu flüchten, aber nicht das Recht, mir eine Predigt zu halten. Die höre ich schon jeden Tag im Büro.«

Sie saß seitlich von mir, ich sah sie im Profil, zwischen zwei Zügen trank sie einen Schluck Kaffee und vermied es dabei, mich anzusehen.

Ich wusste, dass wir gleich alt waren, dreiundvierzig, doch sie sah zehn Jahre jünger aus. Und ich fühlte mich wie ein Zwanzigjähriger.

Sie sprach sanft, doch mit ebenso fester Stimme wie einige Tage zuvor.

»Ich habe nachgedacht. Verschwenden Sie Ihre Zeit nicht damit, die Krankenakte meines Vaters zu durchkämmen.«

»Meinen Sie das ernst?«

Ich ließ ein Stück Zucker in meinen Kaffee fallen.

»Ja. Sie werden nicht finden, was ich suche.«

»Ich verstehe.«

Sie wandte mir ihre Augen zu, ihr Blick war derselbe, mit dem sie mich beim ersten Mal verlassen hatte.

»Ich wollte sicher sein, dass man ihn nicht misshandelt hat. Ich hatte ihn drei Jahre lang nicht gesehen, er war in Rente gegangen und hatte eine Weltreise gemacht. Seit sechs Monaten war er wieder da, wir waren wieder zusammen, und ich war überglücklich. Und dann, vor drei Wochen, wird er krank, und nachdem er vierzehn Tage herumgedruckst hat, geht er, kurz bevor ich zu einer beruflichen

Fortbildung am anderen Ende des Landes muss, ins Krankenhaus. Ich rief ihn jeden Abend an, am Abend vorher habe ich noch mit ihm telefoniert, es ging ihm sehr gut. Das sagte er jedenfalls, aber er sagte mir nicht immer alles … Kurz bevor er ins Krankenhaus ging, war er müde, es tat ihm überall weh, nichts verschaffte ihm Linderung, aber er hat mir nichts davon gesagt. Er wollte mich nicht beunruhigen … Und als man mir dann sagte, dass er in der Nacht gestorben war …«

Sie schien auf eine Reaktion von mir zu warten.

»Vor drei Tagen war ich noch einmal bei der Krankenschwester, die ihn aufgenommen hat. Er hatte mir von ihr erzählt, er vertraute ihr. Ich bat sie, mir einfach zu sagen, was man an diesem Tag mit ihm gemacht hat. Sie sagte mir, er habe einen sehr guten Tag verbracht und keine Schmerzen mehr gehabt. Dank Ihnen.«

Ich gab noch ein Stück Zucker in meinen Kaffee.

»Hmhm. Eigentlich dank den Mitgliedern des Schmerz-Teams …«

»Nur Sie sind bei ihm gewesen.«

Ich gab ein drittes Stück Zucker in meinen Kaffee und rührte wie rasend um.

»Die Schmerzmittel sind sehr wirksam …«

»Sie haben sie ihm verordnet.«

Ich spürte, dass sie nicht lockerlassen würde.

»Sie haben mehrere Stunden mit ihm verbracht.«

»Das mache ich bei allen Patienten, die man mir anvertraut …«

»Die anderen Patienten sind mir egal! Ich rede über meinen Vater.«

Am liebsten wäre ich aufgestanden und fortgegangen. Ich hatte Angst, sie könne sehen, wie schlecht es mir ging.

Ich hielt stand, aber ich war nicht fähig zu antworten.

Es wurde immer kälter. Sie legte ihre brennende Zigarette auf dem Rand des Aschenbechers ab und trank langsam ihren Kaffee.

Ich wollte meinen trinken, er war ungenießbar.

»Sie nehmen zu viel Zucker.«

»Nein, es sei denn, ich bin ein bisschen …«

»… genervt?«

»Ich frage mich, was Sie von mir wollen.«

»Tut mir leid, dass ich Ihre Zeit vergeude!«

Ihre Stimme klang verletzt und wütend, und ich dachte erleichtert, nun würde sie mich da sitzen lassen, doch sie rührte sich nicht vom Fleck. Sie stellte nur ihre Tasse ab, zog den Mantel enger um sich und streckte die Beine aus, als wolle sie den ganzen Abend dort verbringen.

»So ein Quatsch!«

Sie drückte ihre Kippe aus und stand auf. Ich glaubte, sie würde endlich den Haken herausziehen und mich wieder ins Wasser werfen. Sie hielt mir die Hand hin.

»Hier ist es zu kalt. Gehen wir essen.«

»Essen?«

Sie nahm meine Hände und zwang mich aufzustehen.

»Ja. Sie haben meinen Vater behandelt, er hat mit Ihnen gesprochen. Ich gebe Sie jetzt nicht frei.«

Ich wollte protestieren, doch sie schnitt mir das Wort ab.

»Ich weiß, dass Sie an Ihre Schweigepflicht gebunden sind und dass Sie mir nichts von dem sagen dürfen, was er

Ihnen erzählt hat – aber wie viele Stunden haben Sie bei ihm verbracht? Vier? Fünf?«

»Ich habe nichts ...«

»Sie haben ihn mit Ihren Blicken und Ihren Händen berührt. Sie haben seine Stimme und seine Worte gehört. Sie haben seinen Mund gesehen, als er sprach – ja, ich habe bemerkt, dass Sie auf meinen Mund geschaut haben, als könnten Sie schlecht hören ... *Nein*, sagen Sie nichts! Hören Sie mir zu. Alles was Sie gesehen und gehört haben, ist noch *hier*.« Sie legte ihre Hand auf mein Herz und machte dann eine vage Geste in Richtung meiner Stirn. »Oder vielleicht auch *da*.«

Ich fühlte mich sehr dumm.

»All die Stunden, die er im Krankenhaus verloren hat, sind mir weggenommen worden. Ich konnte sie nicht mit ihm verbringen. Ich werde sie nie mehr leben können, aber Sie können mir die Stunden geben, die er mit *Ihnen* verbracht hat. Das ist es, was ich will. Vielleicht hat er etwas hinterlassen, eine für mich bestimmte Botschaft. Sie werden sie mir nicht sagen können, aber ich werde sie fühlen, da bin ich sicher. Und wenn Sie mir diese wenigen Stunden zurückgegeben haben, werde ich Sie gehen lassen.«

Nora nahm mich mit zu sich nach Hause. Sie lebte in einem verfallenen Haus mitten in einem Garten. Sie machte etwas zum Abendessen und erzählte mir von ihrem Vater. Während sie mit mir sprach, merkte ich, dass ich meine Tasche im Café vergessen hatte. Es war mir egal.

Ich weiß nicht, wie viele Stunden wir miteinander gesprochen haben.

Doch nach diesen Stunden ließ sie mich nicht gehen.

ZWEI ODER DREI TAGE DANACH, ich weiß es nicht mehr genau, rief ich im Café an. Die Kellnerin konnte sich an mich erinnern; sie hatte meine Tasche gefunden und in sichere Verwahrung genommen. Ich holte sie nicht sofort ab.

Drei Wochen lang ließ ich die Anrufe, die auf meinem Handy ankamen, unbeantwortet und löschte den Inhalt der Sprachbox.

Ich wusste nicht, was ich tun sollte.

Ich wusste nicht, wie ich es ihr sagen sollte.

Und außerdem hatte ich ganz anderes im Kopf.

Wissen Sie, was Verliebte machen, die schon über vierzig sind? Dasselbe wie mit zwanzig. Sie kleben wie die Kletten aneinander, man muss sie auseinanderreißen, um sie zu trennen. Und wenn sie getrennt sind – sie müssen ja arbeiten –, nutzen sie jede Gelegenheit, sich zu sprechen oder zu sehen. Sie erfinden die unglaublichsten Ausreden, um sich mitten am Tag zu verdrücken, möglichst spät ins Büro zurückzukehren und es verfrüht wieder zu verlassen. Abends vergeuden sie keine Zeit im Kino, sie sehen zu, dass sie in das verfallene Haus mitten im Garten kommen, der zuerst Angekommene wartet ungeduldig auf den, der später kommt, und wenn sie zugleich ankommen und gemeinsam die Treppe hinauflaufen, dann schalten sie nicht das Licht ein, sie haben es viel zu eilig, oben anzukommen, sich hinzulegen, sich zu umarmen und einer im anderen einzuschlafen … um mitten in der Nacht vor Hunger aufzuwachen, bis in die frühen Morgenstunden zu reden und dann, eine Stunde bevor der Wecker klingelt, erschöpft wieder einzuschlafen.

Doch selbst mit über vierzig – oder gerade dann – stechen sich die Verliebten an den Seeigeln, die sich in den Wäschehaufen versteckt haben.

Eines Morgens sah ich, wie Nora zwischen Kaffee und Morgenzigarette eine weiße Tablette einnahm. Ich sah mir die Schachtel an. Es war eine Antibabypille. Zehn Jahre zuvor, als ich in der Abtreibungsklinik gearbeitet hatte, war sie noch im Experimentierstadium gewesen.

»Eigentlich ist dieses Zeug nicht so gut, wenn man über vierzig ist.«

»Ich weiß.«

»Vor allem bei Raucherinnen.«

»Möchtest du ein Kind?«

»Nein.«

»Das trifft sich gut, ich auch nicht. Nicht einmal mit einem so schönen Mann wie dir. Also werde ich dieses Zeug, wie du es nennst, weiterhin nehmen.«

»Hast du die Absicht … mit dem Rauchen aufzuhören?«

»Nein. Auch nicht mit dem Sex. Und du?«

»Ich rauche nicht …«

»Ich nehme das Zeug, weil wir Sex haben, nicht weil ich rauche.«

»Äh, ja, aber …«

»Solange wir Doktor spielen, bist du nicht mein Arzt. Sobald ich ein Zipperlein habe, darfst du mich behandeln.«

So war Nora. Ihr Leben gehörte ihr, auch wenn sie es zu jener Zeit mit mir teilte. Da gab es keine Diskussion.

Aber ich wollte nicht, dass sie solche Risiken auf sich nahm.

Ich rief einen Urologen-Kollegen an, der mir von einer ganz neuen Technik erzählt hatte. Man machte ein winziges Loch in die Haut des Hodensacks und injizierte eine Art Sekundenkleber in die Samenleiter, der die Spermien deaktivierte. Es war einfach, schmerzfrei und zuverlässig, die Wirkung trat nach einigen Tagen ein und hielt mindestens zehn Jahre lang an. Er gab mir noch in derselben Woche einen Termin. Nora nahm die Pille nicht mehr.

*

Als wir einige Tage darauf eng beieinanderlagen, fragte sie mich, warum ich keine Kinder wolle. Warum ich nie eins gehabt hätte.

»Wesen in die Welt setzen, die nicht darum gebeten haben … Zusehen, wie sie heranwachsen und begreifen, dass man im Leben leidet und dass die Tage gezählt sind … Ich finde das grausam. Und außerdem hatte ich nie das Zeug zum Vater.«

»Woher willst du das wissen?«

»Es fehlt mir nicht. Es hat mir nie gefehlt. Ich denke, das hat etwas zu bedeuten …«

Sie schmiegte sich noch etwas enger an mich. Ich glaubte, sie würde etwas sagen. Doch sie blieb still. Ich wog meine Worte genau ab.

»Und du? Warum willst du … kein Kind?«

Sie seufzte.

»Früher hatte ich zwei Kinder. Mit einem … Ist ja auch unwichtig. Einen Jungen und ein Mädchen.«

Was dann kam, wusste ich, also sagte ich nichts.

»Sie waren vier und fünf Jahre alt. Ihr Vater und ich hatten uns getrennt. Er hatte sie fürs Wochenende abgeholt. Ein Kerl schnitt sie mit seinem Geländewagen. Sie starben alle drei. Der andere hat nicht einmal eine Schramme abbekommen. Er saß ein paar Tage im Gefängnis, aber dann wurde er wegen eines Verfahrensfehlers freigelassen. Er hatte viel Geld und einflussreiche Freunde. Bevor ihn sich die Polizei greifen konnte, hatte er das Land schon verlassen. Ein paar Jahre später kam er bei einem anderen Unfall ums Leben.«

Ich wollte sie fest in die Arme nehmen, doch sie wehrte mich ärgerlich ab, setzte sich auf und zündete sich eine Zigarette an.

»Schon gut. Ich hab's überlebt. Es ist lange her. Ich habe dir das nicht erzählt, damit du mich bemutterst.«

In diesem Augenblick wusste ich, dass ich es ihr sagen musste.

*

Auf dem Bett liegend, die Hände unter dem Kopf verschränkt, beschrieb ich ihr alles. Die Anrufe auf dem Handy, das nur dafür da war. Das kurze Gespräch, die rituelle Formel, das erste Treffen, dann die zwei oder drei folgenden, um uns beiderseits zu vergewissern, dass wir dasselbe meinten, dass wir uns einig waren; die Behandlung von Schmerz und Angst. Die Vorbereitungen. Und schließlich, wenn es so weit war, an einem Wochenende oder Feiertag, die Wache beim Sterbenden.

Ich sagte ihr, wie viele es gewesen waren und dass ich mich an jedes ihrer Worte erinnerte. Ich erzählte ihr auch von den Heften.

Ihre Zigarette war ausgegangen. Sie zündete sie nicht wieder an, sondern steckte sie zurück in die Schachtel.

»Sind es immer Männer?«

»Bis auf eine Handvoll Ausnahmen.«

»Und immer Ärzte und Pfleger?«

»Das sind Menschen wie andere auch ...«

»Haben sie so viele Geheimnisse?«

»Jeder hat Geheimnisse. Und wenn es kein Geheimnis ist, dann etwas, das man bedauert, ein nie ausgesprochenes Wort, eine Frage ohne Antwort.«

»Gewissensbisse?«

Ich seufzte.

»Oft.«

»Und du bist seit drei Wochen nicht angerufen worden?«

»Doch. Aber ich bin nicht drangegangen.«

»Willst du es nicht mehr tun?«

»Ich weiß nicht.«

»Was hat sich verändert?«

»Ich habe dich kennengelernt.«

»Mit mir hat das nichts zu tun.«

»Nein. Doch ... Ich habe keine Lust mehr.«

»Hast du morgens Lust, zur Arbeit zu gehen?«

»Nein.«

»Aber du gehst hin.«

»Ja, die Patienten leiden weiter. Sie brauchen mich.«

»Und die, denen du hilfst, brauchen dich nicht?«

»Doch … Aber findest du es nicht skandalös?«

»Ich finde es skandalös, dass man die Leute krepieren lässt. Du verschaffst ihnen Erleichterung. Du hilfst den Menschen, denen das nicht reicht, ihr Leben in die Hand zu nehmen. Ich finde das … respektvoll.«

Sie knipste die Lampe aus, schmiegte sich wieder an mich und sprach mir ins Ohr.

»Wenn du es nicht mehr tun willst, ist das dein gutes Recht. Du schuldest niemandem etwas. Aber halte mich bitte aus deiner Entscheidung heraus. Ich finde es schön mit dir, aber ich werde nicht zu rauchen aufhören.«

Ich drückte ihr einen Kuss auf die Lippen. Sie hatten den bitteren und süßen Geschmack des Tabaks.

»Du hast mir nie verhehlt, dass du rauchst. Ich hingegen habe nicht gleich mit dir darüber gesprochen … und ich bin mir nicht sicher, dass das richtig war …«

»Wenn herauskäme, was du tust, müsstest du dann ins Gefängnis?«

»Sehr wahrscheinlich.«

»Gut. Wenn du eines Tages verhaftet wirst, möchte ich lieber wissen warum.«

*

Einige Monate darauf wurde das verfallene Haus mitten im Garten zum Verkauf angeboten. Ich schlug Nora vor, nach einer Wohnung oder einem Haus zu suchen und gemeinsam einzuziehen. Wir fanden es, als wir außerhalb der Stadt spazieren gingen.

Es war dieses Haus hier. Wir haben uns auf den ersten Blick in es verliebt.

DIE ANRUFE SETZTEN WIEDER EIN. Eigentlich hatten sie nie aufgehört. Meine Handynummer wurde immer noch weitergegeben, keine Ahnung wie. Wenn ich darüber nachdenke, verblüfft es mich, dass ich in all diesen Jahren nie behelligt wurde. Zwei oder drei Mal fanden sich in der Sprachbox seltsame Nachrichten. Ich ignorierte sie. Ohnehin war ich nie derjenige, der anrief, ich wartete immer ab, dass man mich zu erreichen versuchte. Ich hatte gelernt, die Stimmen zu interpretieren.

Einmal erhielt ich einen zweideutigen Anruf.

Die – autoritäre – Stimme verlangte gleich zu Beginn ein Treffen »in Andrés Namen«.

Da ich nichts sagte, fügte sie hinzu: »Wie viel nehmen Sie?«

Ich dachte eine Sekunde lang nach.

»Dreihundertfünfzig für den Kühlschrank und fünfhundert für den Herd. Er wurde nie benutzt. Haben Sie die Fotos auf der Website gesehen?«

Ein Schweigen, dann nichts mehr.

*

Alle wussten, dass ein Telefongespräch abgehört werden kann. Daher machte ich am Telefon nie genaue Angaben.

Meine Gesprächspartner genauso wenig, sie nannten mir nur ihre Adresse. Ich erklärte mich bereit, sie zu besuchen, oder nicht, weiter nichts. Sobald ich bei ihnen war, beim ersten Treffen, war ich sehr vorsichtig, ich konzentrierte mich ganz auf die Symptome, die ich gewöhnlich in der Schmerzabteilung behandelte. Mein Aufgabenbereich erlaubte mir Hausbesuche, und alle meine Rezepte entsprachen den Vorschriften. Ich überließ nichts dem Zufall.

*

Während dieser Zeit kam einiges ins Rollen. Zahlreiche Länder befassten sich mit der Frage des Freitods. Studien bewiesen, dass die Befürchtungen, es könne zu einem Schneeballeffekt kommen, unbegründet waren: In den Ländern, in denen das Gesetz den medizinisch unterstützten Freitod erlaubte, machten weiterhin nur sehr wenige Menschen von dieser Möglichkeit Gebrauch. Und kein Todesengel mähte mit seiner Sense wehrlose Komapatienten und Schwerstbehinderte nieder. In anderen Ländern brachten Frauen und Männer, die an schrecklichen Krankheiten litten, ihre Forderung vor die Richter, die immer häufiger zu dem Schluss kamen, dass die Gesetze gegen die Verfassung verstießen. Schritt für Schritt gewann die Freiheit des Individuums Terrain.

Während man in den Nachbarländern öffentliche Anhörungen veranstaltete und eine entsprechende Gesetzgebung ins Auge fasste, erschienen auf den Titelseiten unserer Zeitungen hohle Leitartikel, Berufsredner rissen sich die Mikros aus der Hand, und überall wurden große Reden geschwungen. Eines Tages unterzeichneten mutige Ärzte ein »Manifest der 343 Mörder«, in dem sie zugaben, getötet zu haben – und mit dem sie die Konfusion noch steigerten: In ihrem Text ging es wild durcheinander und ohne Nuancierungen um die aktive Sterbehilfe bei Krebskranken im Endstadium, heimliche Spritzen bei Frühstgeborenen, unterlassene Behandlungen bei Patienten, die um nichts gebeten hatten, barmherzige Sedierungen zum Nutzen der Familien und Online-Handel mit Betäubungsmitteln.

Patientenorganisationen verlangten eine nationale Debatte.

Die nationalen Ärzteorganisationen, Akademien und Standesvertretungen warfen sich zu Hütern der Moral auf.

Religions-, Familien-, Gewerkschafts- und Verbraucherverbände mischten mit.

Die Kirche verurteilte.

Der Senat setzte einen Untersuchungsausschuss ein.

Einige Abgeordnete bezogen mutig Stellung und verloren ihren Sitz. Andere taten es auf sehr schändliche Weise und behielten den ihren.

Unterbeschäftigte Philosophen hielten Vorträge. Angehende Intellektuelle verfassten Radiobeiträge. Die einen wie die anderen veröffentlichten Bücher.

Viel Lärm um nichts.

Bald schon, wie es in Europa oft der Fall ist, wandte sich die Aufmerksamkeit der Medien einem anderen gesellschaftlichen Thema zu, das einen guten Anzeigenverkauf versprach.

Doch der Stein war ins Rollen gekommen.

ALS SIE MICH ZUM ERSTEN MAL im Morgengrauen zurückkehren und erschöpft aufs Sofa fallen sah, fragte mich Nora, wie ich mich fühlte, was ich fühlte.

»Ich weiß nicht. Ich fühle nichts Besonderes.«

»Du hast gerade einem Menschen geholfen zu sterben. Das muss dir *notgedrungen* etwas ausmachen.«

Sie hatte recht, jahrelang hatte ich so getan, als spürte ich die Last dieses Tuns nicht. Aber ich war nicht fähig, darüber zu sprechen.

Ein wenig später holte ich ein Heft aus meiner Schreibtischschublade, schrieb ein paar Wörter hinein und legte es an seinen Platz zurück.

»Ich schreibe nur einen Satz von ihnen auf, und der ruft mir die ganze Begegnung ins Gedächtnis. So mache ich es, seit ich aufgehört habe, alles niederzuschreiben.«

»Ich dachte, du würdest nichts vergessen!«

»Ich vergesse nichts. Sofern ich weiß, was mein Gedächtnis enthält. Du kannst ein Buch lesen oder einen Film sehen und vergessen, dass du ihn gesehen hast. Du erinnerst dich erst wieder daran, wenn du den Titel hörst oder einen Auszug siehst. Ich habe vielen Menschen geholfen. Ich kann ihre Namen nicht aufschreiben oder eine Liste aufstellen. Wenn ich nichts notiere, werde ich nicht mehr wissen, dass sie da sind.«

»Warum hast du mit den Niederschriften aufgehört?«

»Eines Tages glaubte ich, es könnte die Qualität meiner Arbeit beeinträchtigen.«

»Aber du machst dir trotzdem Notizen. Liest du hin und wieder in diesem Heft?«

»Nein. Wenn ich es tue, fällt mir alles wieder ein.«

»Du solltest wieder mit den Niederschriften anfangen.«

»Warum?«

»Diese Worte lasten zu sehr auf dir, das sehe ich in deinen Augen, wenn du nach Hause kommst und dich hinlegst, und an den Tagen darauf sehe ich es deinem Körper an. Außerdem hast du nicht das Recht, sie für dich zu behalten. Das ist diesen Toten gegenüber respektlos.«

»Sie haben ein Recht auf Geheimhaltung.«

»Auf Geheimhaltung ihrer Identität. Aber du wirst ja die Namen ändern. Und alles weglassen, woran man sie erkennen könnte. Es sind keine schriftlichen Beichten, du bist derjenige, der alles aufschreibt. Im Übrigen ... weißt du als Einziger, was du gehört hast. Für jemanden, der es lesen möchte, hättest du durchaus auch alles frei erfunden haben können!«

Die Schlichtheit dieser Bemerkung verblüffte mich.

»Das stimmt, aber ... Stell dir vor, ich hätte heute Morgen die Worte von gestern Abend aufgeschrieben, und heute Abend kämen auf Veranlassung der Familie die Bullen zu mir. Die würden unschwer erkennen ...«

»Na und? Ist das, was du verwendest, legal?«

»Ja ...«

»Also wo ist das Problem? Du bist Arzt und auf Palliativmedizin spezialisiert. Du gehst ganz offen zu ihnen. Es verstößt nicht gegen das Gesetz, wenn du ihnen kostenlos und in deiner Freizeit Linderung verschaffst. Und niemand kann dir verbieten aufzuschreiben, was sie dir völlig freiwillig gesagt haben.«

Ich war sprachlos.

»Zudem bist du nicht verpflichtet, alles *sofort* aufzuschreiben. Wie viele Sätze hast du in diesem Heft notiert?«

»Einige Dutzend …«

»Du kannst dir ihre Geschichten ja eine nach der anderen vornehmen, in der von dir gewünschten Reihenfolge und zu einem dir genehmen Zeitpunkt, und nicht *gleich nach* einer solchen Begleitung. So kannst du dein Gedächtnis beschäftigen und dein Herz erleichtern.«

»Aber *warum* sollte ich sie aufschreiben?«

»Es sind Augenblicke des Lebens. Sie gehören dir nicht – man hat sie dir anvertraut. Wenn du sie nicht aufschreibst, werden sie mit dir sterben.«

*

Wie immer hatte sie richtig gesehen. Kaum hatte ich wieder mit dem Aufschreiben begonnen, wurde mir leichter ums Herz. Meine Tage in der Schmerzabteilung erschienen mir weniger lang, die Wachen bei den Sterbenden weniger zermürbend. Nach und nach gesellten sich auf dem Regal neue Lebens-Momente zu Louises Erinnerungen, zur Erzählung des Mannes mit dem gebrochenen Herzen und zu Andrés Heften. Dass diese verschütteten Worte wieder in mein Bewusstsein zurückkehrten, hatte noch einen weiteren Vorteil für mich: Indem ich die Worte der Toten wiederfand, lernte ich, den Lebenden besser zuzuhören.

Die Jahre vergingen. Für viele waren es mühsame Jahre, Jahre des Zorns und der Enttäuschungen, der Arbeitslosigkeit und der Konflikte. Nicht für Nora und mich. Wir hatten weder Familie noch Freunde, aber wir brauchten wenig, und wir waren glücklich.

Glaube ich.

Und dann eines Tages, ohne jede Vorwarnung, gab sie ihre Arbeit auf, packte ihre Koffer und verschwand.

WENN MAN JEMANDEN in einer Menge verliert, ist man versucht, in alle möglichen Richtungen zu rennen, und das ist keine gute Idee. Man bleibt besser an derselben Stelle und wartet darauf, dass der andere zurückkommt. Es ist hart, sich das zu sagen. Es ist hart, sich nicht vom Fleck zu rühren und zu warten.

Aber ich dachte, eines Tages würde sie von sich hören lassen, würde sie mir ein Zeichen geben.

Also wartete ich.

Tagsüber arbeitete ich weiter in der Schmerzabteilung.

Abends schrieb ich auf, was man mir bei meinen Wachen erzählt hatte.

Nachts rief ich mir alles ins Gedächtnis, was Nora mir gesagt hatte.

»Du behandelst mit dem, was du weißt. Und was du weißt, kannst du mit denen teilen, die du nicht behandelst.«

»Alle leiden, alle sollten lernen, wie man Leid lindert.«

Ich teilte, und ich sah, dass andere es bereits taten und wieder andere sich anschickten, es zu tun.

Auch bei uns entwickelten sich die Dinge weiter. Als vor mehr als zehn Jahren eine fortschrittliche Regierung die medizinische Beihilfe zur Selbsttötung legalisierte, hatte sich die Ärzteschaft bereits verändert; die Verächter von früher waren nun in der Minderheit.

Wie beim Gesetz zum Schwangerschaftsabbruch fünfzig Jahre zuvor wollte man auf Freiwillige zurückgreifen.

Und weil diese Freiwilligen ausgebildet werden mussten, wandte man sich an die, die im Schatten arbeiteten.

Ich war dabei.

Was ich zu sagen hatte, ließ sich in wenige Wörter fassen:

Sich öffnen, ohne Fragen zu stellen, zuhören, ohne zu unterbrechen, hören, ohne zu urteilen. Erklären. Beruhigen. Lindern.

Ich war schon lange der Meinung, dass man nicht unbedingt Arzt sein muss, um einen Menschen zu begleiten, der sterben will.

Bei einem Sterbenden zu wachen gehört zur menschlichen Erfahrung.

Die letzten Augenblicke eines Menschen sind erhaben.

Ich hatte Lust, den Gedanken zu verteidigen. Also schrieb ich ein Buch.

ICH BIN MÜDE.

Wollen wir ins Haus gehen?

Wenn es Ihnen nichts ausmacht, lege ich mich aufs Sofa.

Ah, so ist es besser. Mein Rücken begann zu schmerzen.

Vor acht oder neun Monaten fing mein Krebs wieder an, Kinder zu bekommen. Ich war nicht sehr glücklich darüber, aber ich war erleichtert. Ich hatte schon mehrere Aufschübe, jetzt ist es so in Ordnung.

Ich habe weitere Chemotherapien abgelehnt. Ich habe auch die Gehirnuntersuchung abgelehnt, ich will gar nicht wissen, ob es auch im Kopf sitzt. Bislang habe ich den Eindruck, noch im Vollbesitz meines Verstandes zu sein. Ich werde nicht zulassen, dass mir ein dreidimensionales Bild das Leben, das mir noch bleibt, verdirbt.

Die Ironie der Situation ist mir nicht entgangen. Ich hätte plötzlich sterben können, an einem Infarkt oder einem Schlaganfall, aber nein, mir war ein guter alter Krebs beschieden.

Ich bin nicht traurig darüber. Ich hatte kein schlechtes Leben. In den fünf Jahren, die ich mit Nora zusammenlebte, war ich sehr glücklich, glücklicher als die meisten Leute.

Ich habe mein Leben nützlichen Aufgaben gewidmet und viel zurückbekommen.

Ich werde nicht mit leerem Herzen gehen.

Würden Sie mir die Wasserflasche geben, die ich auf den Tisch gestellt habe?

Ah, das tut gut.

Wie spät ist es?

Nun ja, der Tag ist schneller vergangen, als ich dachte.

Ich hoffe, ich erschlage sie nicht mit all diesen Geschichten.

Aber letzten Endes haben wir nur das. Geschichten. Sie helfen uns zu leben und bereiten uns auf den Tod vor.

Die uns in schlechten Zeiten daran erinnern, dass es in unserem Leben manchmal Liebe gab.

Ich habe noch Zeit, ihnen eine letzte zu erzählen.

Eine Familiengeschichte.

BEGINNEN WIR MIT EINEM MANN, nennen wir ihn Daniel.

Er war Pfleger in einem Krankenhaus dieser Stadt. Nachdem er in Rente gegangen war, machte er eine Weltreise und arbeitete drei Jahre lang unter schwierigen Bedingungen als Pfleger oder Pflegehelfer in Asien und Afrika. Einige Monate nach seiner Rückkehr fand ein befreundeter Arzt, er sehe abgemagert und erschöpft aus, und überredete ihn dazu, ins Krankenhaus zu gehen. Dort entdeckte man sehr bald eine Leukämie, wahrscheinlich eine Folge seines Berufs: In der Klinik, in der er sein ganzes Arbeitsleben verbracht hatte, hatte er auch die Röntgengeräte bedient. Um Zeit zu gewinnen, hatte er sich nie geschützt.

Man bat mich, nach ihm zu sehen, weil er überall Schmerzen hatte. Mit Grund. Auf seinen Reisen hatte er Hitze, Feuchtigkeit, Kälte, parasitäre Infektionen und schlechte Ernährung aushalten müssen. Er hatte viele Knochenbrüche erlitten, seine Gelenke waren fast alle deformiert.

Es gelang mir rasch, die Schmerzen zu lindern, was ihn sehr überraschte. Da er so viel durch arme Länder gereist war, hatte er vergessen, dass man in den reichen Ländern über starke Drogen verfügt. Und dass nicht alle, die in Heilberufen arbeiten, Schmerzen mit Verachtung behandeln.

Ich besuchte ihn an mehreren Abenden nacheinander, immer am Ende meines Arbeitstags. Als ich ihn zum dritten Mal besuchte, litt er fast keine Schmerzen mehr, hatte aber große Angst. Er wollte keine Behandlung. Ich sagte ihm, es gebe nichts, was ihn zum Bleiben zwinge. Er sah mich mit großen Augen an, überrascht darüber, dass ich weder den Sträflingsaufseher noch den Moralapostel gab. Doch er schüttelte den Kopf: Wenn er nach Hause ginge, würde sich seine Tochter unbedingt um ihn kümmern wollen, und darauf lege er wenig Wert. Er liebe sie sehr. Er wolle nicht in ihren Armen sterben.

Er wolle auch nicht langsam krepieren wie die Patienten, die er hatte sterben sehen, und jeden Morgen und Abend seine Tochter am Bett sitzen haben.

Ich wunderte mich, dass ich ihr an den Abenden, an denen ich ihn besucht hatte, nie begegnet war. Er erklärte mir, dass sie an einem mehrere Hundert Kilometer entfernten Ort an einer Fortbildung teilnehme. Während wir beide miteinander sprachen, rief sie an. Ich wollte hinausgehen, doch er gab mir ein Zeichen zu bleiben. Er sprach zärtlich mit ihr, scherzte, beruhigte sie, sagte ihr, alles laufe gut, alles werde gut und ein sehr anständiger Arzt (er zwinkerte mir zu) habe seine Schmerzen wirklich beträchtlich gelindert.

Ich spürte, dass er sie sehr liebte.

Nach dem Telefongespräch seufzte er tief auf.

Ich habe es satt, immer weiterzulaufen.

Für sie wird es schlimmer, wenn ich langsam sterbe.

Ich sagte nichts, ich ließ ihn sprechen.

Sechs Jahre zuvor waren seine beiden Enkelkinder von einem Verkehrsrowdy getötet worden. Daniel hatte wirklich geglaubt, seine Tochter würde es nicht überleben. Sie aß nicht mehr, sie nahm zwanzig Kilo ab und weigerte sich, zum Arzt zu gehen. Er überwand seinen eigenen Kummer, um sich um sie kümmern zu können. Die Zeit verging, und ohne dass er zu sagen gewusst hätte wie, fing sie wieder an zu leben. Doch ihre Traurigkeit war noch da. Daniel war schon lange Witwer, er überredete seine Tochter dazu, in ein verfallenes Haus mitten in einem Garten zu ziehen, er wohnte oben, sie im Erdgeschoss. Eines Tages lernte sie einen Mann kennen. Er hielt es für ein gutes Zeichen und suchte sich eine andere Wohnung.

Es gab noch mehr Männer. Doch anscheinend konnte keiner von ihnen sie glücklich machen. Nach einigen Wochen wollte sie sie nicht mehr sehen. Wenn ihr Vater sie nach dem Grund fragte, antwortete sie jedes Mal: »Dieser Idiot wollte mir ein Kind machen.«

Da verstand er, dass sie es nie überwinden würde, und sein Zorn wuchs.

Er fand die Spur des Verkehrsrowdys, eines Sohns aus reicher Familie, sehr bald, der Mann hatte sich in ein benachbartes Land geflüchtet, in dem er vor einer Auslieferung sicher war. Er versteckte sich nicht. Er rechnete auch mit nichts Bösem. Daniel hatte jahrelang Überstunden angesammelt und Geld zur Seite gelegt. Eines Tages erklärte er seiner Tochter, er werde in Rente gehen und eine Weltreise machen. Sie freute sich ehrlich über diese Neuigkeit. Sie hatte das Gefühl gehabt, ein Klotz an seinem Bein zu sein, Daniels Plan befreite sie von dieser Furcht. Sie nahm sich vor, ihre Ferien mit ihm zu verbringen, wenn er gerade auf Bali oder in Neukaledonien wäre.

Als er das Flugzeug nach Amsterdam nahm, begleitete sie ihn zum Flughafen.

In Amsterdam schiffte er sich nicht, wie angekündigt, nach Skandinavien ein, sondern nahm wieder ein Flugzeug, nach London.

In London stieg er in dem Hotel ab, in dem der Mörder seiner Enkelkinder wohnte. Er bewegte sich ein, zwei Tage in dessen Nähe, gab sich als Landsmann aus, der an der Ostküste wohne, und lud ihn über das Wochenende dorthin ein. Sie brachen in einem Gebrauchtwagen auf, den er gegen bar einem Privatmann abgekauft hatte. Während der Fahrt gab Daniel seinem Gast einen mit Beruhigungsmitteln versetzten ausgezeichneten Scotch zu trinken. An der Küste angekommen, fuhr er den Wagen an einem einsamen Küstenabschnitt auf einen Steilfelsen. Er setzte den Verkehrsrowdy ans Steuer, löste die Handbremse und schlug die Wagentür zu, während der Wagen sich langsam auf den Abgrund zubewegte. Er ging zu Fuß zum nächstgelegenen Bahnhof, nahm den Zug nach London und dann ein Flugzeug an einen fernen Ort. Er rechnete damit, dass man ihn verfolgen würde, und wollte sich, bevor man ihn fasste, in Ländern nützlich machen, in denen es am Nötigsten fehlt. Und dann verfolgte wider alles Erwarten niemand seine Spur. In den Zeitungen standen nur wenige Zeilen über den Unfall. Das Opfer war für seinen Alkohol- und Drogenmissbrauch und unzählige Eskapaden bekannt, niemand wunderte sich sonderlich.

Nach drei Jahren Zwangsarbeit an einigen der düstersten Orte der Erde fürchtete Daniel, er könne sterben, ohne seine Tochter wiedergesehen zu haben. Er kehrte nach Frankreich zurück. Sie freute sich über seine Rückkehr. Sechs Monate darauf ging er ins Krankenhaus.

Als er von seiner Leukämie erfuhr, empfand er Erleichterung. In seinen Augen entsprach die Strafe dem Verbrechen. Aber er dachte unablässig an seine Tochter.

»Sie war sechs Monate lang glücklich. Ich möchte nicht, dass eine lange Agonie diese Augenblicke auslöscht. Helfen Sie mir.«

NACH DEM VATER DIE TOCHTER. Nennen wir sie Nora.

Den Anfang ihrer Geschichte habe ich Ihnen ja schon erzählt. Das Ende las ich in einem Brief, den sie geschrieben hatte.

Ich höre sie jedes Wort aussprechen, als wäre sie da.

Emmanuel,

ich bin drei Mal verraten worden.

Das erste Mal vom Leben, das mir meine Kinder nahm.

Das zweite Mal durch das Verbrechen meines Vaters.

Das dritte Mal von meinem Körper.

Aber niemals von Dir.

Es tut mir leid, dass ich Dir das nie gesagt habe.

Ich werfe Dir nicht vor, dass Du meinem Vater geholfen hast. Auch nicht, dass Du es mir verheimlicht hast. Anders hättest Du nicht handeln können. Und ich erinnere mich an Dein Zögern, als ich Dich mit Fragen bestürmte, ich erinnere mich an Dein Zartgefühl, Deine Skrupel, Dein Schweigen. Im Nachhinein empfinde ich Deine Sanftheit und Deinen Respekt von damals als Zeichen der Liebe, die Du mir bereits entgegenbrachtest.

Ich werfe Dir nicht vor, dass Du die Worte meines Vaters auf-

geschrieben hast, im Gegenteil. Das ist alles, was von ihm geblieben ist. Danke, dass Du ihm zugehört hast.

Ich werfe Dir nicht vor, dass Du das Heft zu den anderen gestellt hast, dort war sein Platz. Doch mir werfe ich vor, dass ich eines Tages wieder an seinen Tod dachte, an unsere Begegnung, an die Liebe, die Dich bewogen hat, mir Dein Geheimnis anzuvertrauen … und dass ich begriff, dass die Geschichte meines Vaters vielleicht letzten Endes vor meiner Nase lag.

Ich habe das Heft schon vor langer Zeit gelesen. Es hat mich nicht daran gehindert, mit Dir glücklich zu sein.

Du hast recht, das Leben ist grausam. Wir waren zu glücklich. Es konnte nicht von Dauer sein.

Eines Tages, mitten in diesem Glück, bemerkte ich, dass ich schwanger war. Auch das werfe ich Dir nicht vor; die »ganz neue Technik«, der Du Dich unterzogen hast, war letzten Endes doch nicht so zuverlässig. Man sollte Ärzten nie trauen.

Ich weiß, was Du denkst. »Wenn du es mir gesagt hättest, wäre ich außer mir gewesen vor Freude.« *Ich weiß es, ich glaube es. Und was immer Du behauptest, Du wärst ein sehr guter Vater gewesen. Ein liebender, beschützender, ein seinem Kind ganz und gar zugewandter Vater. Ein in jeder Sekunde dieses jungen Lebens von Schuldgefühlen zerrissener Vater. Ein Vater, der sein Kind vor der Welt und ihrer Grausamkeit hätte beschützen wollen. Ein Vater, der ihm alles geopfert hätte.*

Das konnte ich Euch nicht antun.

Ich bin fortgegangen.

Ich habe einen Termin für einen Schwangerschaftsabbruch gemacht, ganz allein, wie ich es, bevor ich Dich kannte, schon mehrmals ohne große Bedenken getan hatte.

Doch dieses Mal konnte ich es nicht.

Also beschloss ich, unser Kind auszutragen und es ohne Dich aufzuziehen.

Später wäre ich wieder zu Dir gekommen, damit es seinen Vater kennenlernt.

Aber mein Körper hat mich verraten und überrumpelt.

Gleich wird das Kind zur Welt kommen.

Ich weiß nicht, ob ich

*

Diesen Brief hat Nora vor fast dreißig Jahren geschrieben.

Ich habe ihn vor achtzehn Monaten erhalten.

Es waren zwei Dokumente beigefügt.

Das eine war eine Zusammenfassung ihrer Krankenakte. Daraus erfuhr ich, dass sie im achten Schwangerschaftsmonat unter Herzinsuffizienz litt. Sie lehnte jede Behandlung ab, die dem Kind schaden konnte. Man entschloss sich zu einem Kaiserschnitt. Einige Minuten vor dem Eingriff bekam sie eine Embolie. Das in aller Eile geholte Baby überlebte.

Nora hatte keine Verwandten mehr, und meinen Namen hatte sie nicht genannt. Noch am selben Tag wurde das in die staatliche Fürsorge gegebene Baby adoptiert.

Das andere Dokument war eine Kopie seiner Geburtsurkunde.

Ich weiß nicht, wer mir das alles geschickt hat, es gab keine Unterschrift. Wahrscheinlich jemand aus der betreffenden Abteilung der Frauenklinik, der Nora aufgenommen und ihren Brief aufbewahrt hat.

Ja … jetzt fragen Sie sich genau wie ich: »Wie hat man mich gefunden?«

Ganz einfach.

In Noras Brief stand mein Vorname, Emmanuel.

Und das Buch, das ich geschrieben habe, ist Nora gewidmet.

VOR FÜNFZIG JAHREN HÄTTE ICH unser Kind niemals wiederfinden können. Zum Glück verändert sich die Welt – und auch die Gesetze ändern sich.

An jenem Tag gab es in dieser Frauenklinik nur eine Adoption. Ich nutzte die rechtlichen Möglichkeiten, schickte einen genetischen Fingerabdruck zum Nachweis der Abstammung an die zuständige Stelle und bat um die Adoptionsakte.

Als ich sie bekam, las ich sie sorgfältig. Ich dachte … es bestehe keine Eile.

Ich sah mir das Familienalbum im Internet an. Wenn ich den Fotos glauben darf, hatte er ein gutes Leben, umgeben von liebevollen Eltern und zwei anderen Kindern. Alle drei sind jetzt erwachsen.

Nachdem ich einmal seinen Namen und sein Gesicht kannte, wusste ich nicht, ob ich weitergehen sollte. Hatte ich das Recht … in sein Leben einzudringen, ohne ihn …

Oh, mir dreht sich der Kopf …

Helfen Sie mir, mich hinzulegen

Ach, es tut mir leid

Ich habe zu lange gewartet

Als ich sah, dass der Krebs mich einholte, wollte ich mich nicht lange hinschleppen …

Ich musste einen Termin festlegen

Es wird schon gehen. Es ist nichts …
Es wird leicht, du wirst sehen.
Ich werde schlafen, weiter nichts
Ich bin froh, dass du da bist.

Ich wünschte mir so viel Gegensätzliches.
Dich kennenzulernen, ohne dich zu belästigen
Dich zu sehen und deine Stimme zu hören
Dir diese Hefte anzuvertrauen und diese Geschichten
Und dir deine zu erzählen
Es macht mich stolz, dass du ein … Freiwilliger bist

Du hast Noras Mut
Ich hoffe, du hast mein Gedächtnis

Liberté • Égalité • Fraternité
RÉPUBLIQUE FRANÇAISE

AMBASSADE DE FRANCE
EN
REPUBLIQUE FEDERALE
D'ALLEMAGNE

BUREAU DU LIVRE

Dieses Buch erscheint im Rahmen des Förderprogramms des französischen Außenministeriums, vertreten durch die Kulturabteilung der französischen Botschaft in Berlin.

Titel der Originalausgabe: *En souvenir d'André*
Umschlaggestaltung: Geviert, Michaela Kneißl, München
Typografie + Satz: www.frese-werkstatt.de
Druck und Bindung: CPI–Clausen und Bosse, Leck
ISBN 978-3-88897-863-0